Gütersloher Taschenbücher / Siebenstern 62

Axel Hambraeus

Weihnachtsgäste

Gütersloher Verlagshaus
Gerd Mohn

ISBN 3-579-03901-6
6. Auflage des Taschenbuches 1977 (51.–60. Tsd.)
Lizenzausgabe mit freundlicher Genehmigung des

Gesamtherstellung: Clausen & Bosse, Leck
Umschlagentwurf: Dieter Rehder, Aachen, unter Verwendung einer Illustration von Reni Hinsch, Hamburg
Printed in Germany

Die Weihnachtsgäste

Dies trug sich zu, als Frau Vang zum zweitenmal nach ihrer Verwitwung Weihnachten feierte. Sie hatte beschlossen, diesmal zu Hause zu bleiben. Die letzte Weihnacht hatte sie bei dem jüngsten ihrer verheirateten Kinder verbracht, sich dabei aber nicht des Gefühls erwehren können, mit ihren Tränen und ihrer Trauer um den verstorbenen Gatten die Weihnachtsfreude anderer getrübt zu haben, und das wollte sie keinesfalls wiederholen. Daher lehnte sie dankbar, aber bestimmt alle Einladungen ihrer Kinder ab. Doch wollte sie trotzdem am Heiligen Abend nicht allein mit der kleinen Majken, ihrer Hausgehilfin, daheim sitzen. Frau Vang, die eine wohltätige Dame war, hatte beschlossen, sich Gesellschaft zu verschaffen und gleichzeitig eine gute Tat zu vollbringen. Infolgedessen hatte sie sich frühzeitig vor dem Fest an die Gemeindeschwester gewandt mit der Bitte, eine Familie, am liebsten eine kinderreiche, ausfindig zu machen, die Lust hätte, Weihnachten bei ihr zu feiern, und sie hatte dabei zu verstehen gegeben, daß sie es weder an Bewirtung noch an Geschenken fehlen lassen würde. Einen großen Christbaum mit vielen Lichtern würde es geben, um den die Kinder Ringelreihen tanzen könnten, der Topf mit der Schinkenbrühe zum Eintunken des Brotes, sowie am Abend die Reisgrütze mit der versteckten Mandel würden bereitstehen, genau wie zu Lebzeiten des Großhändlers, als Frau Vangs Haus mit eigenen fröhlichen Kindern voll bevölkert war.

Frau Vang hatte sich eingebildet, daß die Familien förmlich Schlange stehen würden, um an ihrer Weihnachtseinladung teilnehmen zu dürfen. Sie war daher einigermaßen überrascht, als die Gemeindeschwester ihr schon eine Woche vor Weihnachten die Mitteilung überbrachte, sie habe keine Familie ausfindig machen können, die gewillt wäre, das Fest bei der reichen Frau Vang zu feiern. Es ist eigentlich zu wenig gesagt, Frau Vang sei überrascht gewesen, sie war vielmehr verärgert. Frau Vang, die ihre Bibel kannte, stellte im geheimen einen Vergleich zwischen sich und dem König an, der seine Diener aussandte, um die Gäste zur Hochzeit zu rufen und der sich erzürnte, als diese ausblieben. Frau Vang beschloß daher, die Angelegenheit selbst in die Hände zu nehmen. Sie erhielt eine Menge Adressen und suchte persönlich die armen Familien auf, leider jedoch ergebnislos. Obgleich die von ihr besuchten Familien eng zusammengepfercht in armseligen Elendsbehausungen lebten, gab es nicht eine, die ihr Heim am Heiligen Abend gegen Frau Vangs hochherrschaftliche Wohnung hätte vertauschen wollen. Frau Vang ging langsam das Verständnis für ein anderes Wort aus der Heiligen Schrift auf: Wenn einer alle Besitztümer seines Hauses den Armen gäbe und hätte der Liebe nicht, so wäre es ihm nichts nütze.

Als sie bei den Familien keinen Erfolg hatte, wandte sich Frau Vang an einige alte, kinderlose Ehepaare, hatte aber auch mit diesen kein Glück. Nein, die Leute wollten am Heiligen Abend am liebsten still für sich zu Hause sein. Wohl war es eng und klein bei ihnen, aber es war trotz allem ihr Heim.

Nun, dachte Frau Vang, irgendeine einsame alte Frau werde ich doch noch als Gast auftreiben können. Doch nicht einmal das gelang ihr.

Frau Vang fühlte sich nicht wenig beleidigt ob solcher Undankbarkeit. Da hatte sie nun eine doppelte gute Tat vollbringen wollen: teils ihren eigenen Kindern die Unbill ihres Besuches am Heiligen Abend ersparen, teils anderen ein wenig Weihnachtsfreude bereiten, und nun schien niemand sie zu brauchen!

Eines Abends, wenige Tage vor dem Feste, als Frau Vang bereits im Bette lag und ihre gewohnte Andachtsstunde mit dem Buche »Der Lebensweg zu Licht und Kraft« hielt, fiel ihr plötzlich ein, daß sie das ganze Unternehmen geplant hatte, ohne mit Gott zu rechnen. Sie pflegte sonst immer ihre Pläne, sowie auch ihre wenigen Kümmernisse sorgfältig vor Gott auszubreiten, aber das hatte sie diesmal vollständig unterlassen. Aus diesem Grunde war alles fehlgeschlagen. Jetzt verspürte sie sowohl Angst als Reue. Und obwohl sie sich schon so schön bequem in ihrem weichen Bette eingekuschelt hatte, stand sie wieder auf, fiel auf die Knie und bat Gott, Er möge auch in diesem Falle alles so für sie ordnen, wie es Ihn am besten dünkte und ihr helfen, die bevorstehende Weihnacht ganz nach Seinem heiligen Willen zu feiern. Beruhigt im Bewußtsein, daß nun keine weiteren störenden Dinge mehr eintreffen würden, schlief Frau Vang ein.

Während Frau Vang so in ihrem warmen, durch eine Gardinenspalte von einer Straßenlaterne beleuchteten Schlafzimmer ruhte, bewegte sich auf einem fernen Waldweg ein seltsames Gespann. Ein weiter, weiter Weg, viele, viele Meilen trennten den Sprengel, wo Frau Vang wohnte, von der ausgedehnten, öden Haftaheide, und gleichwohl lenkte Gott zu jener Stunde die knirschenden Räder eines Karrens und die müden Schritte zweier Menschen genau auf den von Ihm bestimmten Weg.

Ein Auto fuhr mitten in der Nacht durch den Haftawald, der spärlich auf den verkümmerten Hügeln wuchs, die die dreißig Kilometer weite Heide bildeten. Es war der Doktor, der einen Patienten weit draußen in der Wildmark besucht hatte. Der Doktor war kein leicht zu erschreckender Mann. Dennoch hielt er unwillkürlich sein Auto an. Er hatte das Gefährt schon ein paar Mal am hellichten Tage im Kirchdorf gesehen und sich darüber gewundert, daß die Polizei dieses armselige Gesindel nicht anhielt. Hier im Walde aber, mitten in der Nacht auf das alte Paar zu stoßen, wirkte geradezu spukhaft und zugleich so erbarmungswürdig, daß der Doktor den Entschluß faßte, nachzuforschen, was das eigentlich für Leute seien, die dergestalt durch die Welt vagabundierten. Er stieg aus seinem Auto und näherte sich den beiden alten Leuten, die mit ihrem Karren auf dem Wege halt gemacht hatten. Grell beleuchteten die Scheinwerfer des Autos einen alten Mann, der einen schwer beladenen Wagen zog, und eine Frau, die hintenan nachschob.

Auf seine etwas barsche Frage: »Was seid ihr denn für Leute?« erhielt der Doktor keine Antwort. Der alte Mann hob nur den gebeugten Kopf und blickte ihn eine Sekunde lang an. Vor diesem Blick fuhr der Doktor förmlich zurück. Einen so hoffnungslos erloschenen Ausdruck hatte er wohl nie zuvor in einem Menschenantlitz wahrgenommen. Er vermutete, der Mann sei taub, weshalb er zu der hinter dem Karren stehenden Alten trat.

»Mütterchen«, sprach er, und seine Stimme klang nun so freundlich wie immer, wenn er ein wenig von der unter seinem etwas barschen Äußern schlummernden Herzenswärme durchblicken ließ. »Mütterchen, sagt mir, wo seid ihr eigentlich zu Hause?«

Die Alte trug ein tief über das Gesicht gezogenes Kopftuch. Sie hob das Haupt nicht. Aber aus dem Kopftuch ertönte eine Stimme, blechern und müde. »Wir sind in Stockholm heimatberechtigt. Und wir besitzen das erforderliche Hausiererpatent. Falls der Herr Ortspolizeibeamter oder sonst ein Vertreter der Ordnungsmacht sein sollte, kann mein Mann unsere Papiere vorweisen, sonst bitten wir, hier warten zu dürfen, bis der Herr in seinem Auto vorbeigefahren ist. Wir werden Platz machen.«

Wie auf ein Signal hin packte der Greis im selben Augenblick die Deichseln des Wagens und stapfte in den tiefsten Schnee am Wegrand hinaus. Die Alte schob von hinten nach, und der Weg war frei.

Der Doktor griff mechanisch nach seiner Brieftasche, aber die beiden Alten waren bereits aus dem Gesichtskreis des Scheinwerferlichtes getreten und im tiefen Dunkel verschwunden; zudem ließ irgend etwas den Doktor vermuten, daß die beiden keine Almosen annehmen würden. Etwas in der Sprechweise der Frau verriet ihm, daß sie jedenfalls bessere Tage gesehen hatte. Den an das tägliche Anhören des

Daladialektes gewohnten Arzt hatte das gepflegte Stockholmer Idiom der Alten frappiert. Deshalb stieg er wieder in seinen Wagen und brauste über die Berg- und Talbahn des Haftawaldes davon, während das graue Fuhrwerk durch die düstere Wildmark weiterstrebte.

Wer den beiden Alten mit ihrem Karren einmal begegnet war, konnte den Anblick schwerlich mehr vergessen. Nur selten schienen sie Geschäfte zu tätigen. Sie konnten durch ein ganzes Dorf ziehen, ohne vor einem einzigen Gehöft halt zu machen. Das müde, erloschene Gesicht des Greises, das stets tief in die Stirn gezogene Kopftuch der Alten erregten spontanes Mitleid. Sobald sich aber einmal irgendein beherzter Mensch, empört darüber, daß eine solch erbärmliche, elende Gesellschaft frei auf den Wegen vagabundieren durfte, an die Behörden wandte, bekam er stets die gleiche Antwort: Ihre Papiere sind in Ordnung, wir haben kein Recht einzugreifen. Nie bettelten die beiden. Tätigten sie einmal ein kleines Geschäft, boten sie immer ordentliche Waren feil. Nur selten aber antworteten sie auf eine Anrede, noch nahmen sie jemals Almosen an. Ihre Freiheit schien ihnen so kostbar zu sein, daß sie ängstlich alles mieden, was als Verstoß gegen das Landstreichergesetz hätte ausgelegt werden können.

Es war in der tiefen Dämmerung des Heiligen Abends, als Frau Vang die beiden auf dem Wege durch ihren Wohnsprengel zu Gesicht bekam. Frau Vang war unterdessen zu der Einsicht gelangt, daß es Gottes Wille sei, sie ihren Weihnachtsabend allein feiern zu lassen, weshalb sie beim Erblikken der beiden Alten erst gar nicht auf den Gedanken kam, in ihnen die vielleicht von Gott gesandten, späten Weihnachtsgäste zu erkennen. Wie allen anderen Leuten fiel auch ihr das ungewöhnliche Gespann auf, das sich langsam auf der Straße fortbewegte, doch als sie sich umdrehte, um die beiden alten Leutchen näher in Augenschein zu nehmen, waren die bereits im Gedränge verschwunden.

Zum zweitenmal sah sie sie dann beim Weihnachtsgebet

in der Kirche. Sie saßen ganz hinten bei der Türe, unweit des Opferstockes für die Armen; sie erinnerten an die Bilder der Armut, die man in früheren Zeiten beim Opferstock anzubringen pflegte, um das Mitleid der Spender zu wecken. Die Kirche war gedrängt voller Menschen, die jedoch gleich nach Beendigung des Gottesdienstes hinauseilten. Der Organist spielte noch ein langes, schönes Postludium, und die beiden Alten saßen da, als beabsichtigten sie, sich in der Kirche häuslich niederzulassen; so schien es wenigstens dem Kirchendiener, der eilends die Kirche schließen und zu seinen auf Christbaum und Geschenke wartenden Kindern heimkehren wollte.

Am späteren Abend bekam Frau Vang sie zum drittenmal zu Gesicht. Die Glocke an der Flurtür schrillte und nicht ganz ohne Herzklopfen öffnete sie selbst. Majken war gerade damit beschäftigt, das Schmalzgebäck zum Weihnachtskaffee auf eine Schüssel zu häufen.

Da stand nun die alte Frau mit dem herabgezogenen Kopftuch vor der Türe. Die reiche Frau Vang war eine wohltätige Dame, eine wirkliche Wohltäterin. Ihre Wohltätigkeit bestand in der Donation bedeutender Summen zu Zwecken, die die nötige Gewähr dafür boten, daß das Geld wirklich zu nützlicher Verwendung gelangte. Bettlern an der Türe aber pflegte sie niemals Geld zu geben. Entweder erhielten sie in der Küche etwas Essen oder einen Gutschein, der zur Unterkunft in der Heilsarmee-Herberge oder zur Aufnahme im Arbeitsvermittlungsbüro »Hilfe durch Arbeit« berechtigte. Und niemand kann etwas anderes behaupten, als daß diese Handlungsweise klug und vernünftig war.

Beim Anblick der merkwürdigen Greisin vor der Türe aber empfand Frau Vang ein solches Unbehagen, daß sie sich überhaupt auf kein Gespräch mit ihr einlassen wollte. Frau Vang wußte, daß Geld ein wirksames Mittel ist, um sich alles Unangenehme vom Leibe zu halten, und je größer eine Unannehmlichkeit war, ein desto größeres materielles Opfer war seine Beseitigung wert. Außerdem war heute Hei-

liger Abend, und Frau Vang hatte den Wunsch, an diesem Abend irgendeinen Menschen richtig zu beglücken, bisher nicht verwirklichen können. Deshalb eilte sie zu ihrem Sekretär, entnahm ihm einen neuen Fünfkronenschein und kehrte damit zu der Alten zurück. Diese aber rührte keine Hand.

»Ich bin keine Bettlerin«, sagte eine müde, jedoch gepflegte Stimme. »Aber ich habe Sachen zu verkaufen. Und ich hätte Sie nicht gerade am Weihnachtsabend belästigt, wenn ich nicht eine neue Medizin für meinen Mann anschaffen müßte. Für Unterkunft und Kost haben wir, was wir benötigen. Aber wenn Sie mir fünf Kronen geben wollen, können Sie diese da dafür haben. Sie sind allerdings mehr wert, aber heute ist ja Heiliger Abend, und da soll man nicht kargen.« Bei diesen Worten zog sie ein Bündel Spitzen hervor, das sie unter ihrem grauen Schal verborgen gehalten hatte. Frau Vang ergriff die Spitzen wie ein folgsames Kind. Es lag etwas Gebieterisches in der alten Stimme, das ihr Unbehagen einflößte und sie zum Gehorsam zwang. Sie besah die Spitzen im Licht der Flurlampe. Es waren echte Vadstenaspitzen, und das kleine Bündel war manchen Fünfkronenschein wert. Im ersten Moment machte sich der alte Erwerbssinn in ihrem Großhändlerfrauenherzen geltend, doch überwand sie die Anwandlung rasch.

»Nein«, sagte sie bestimmt und war nun wieder ganz Herr ihrer selbst, »solche Spitzen erwirbt man nicht für fünf Kronen. Ich kaufe sie Ihnen gerne ab, aber nur zu ihrem vollen Wert.«

Bei diesen Worten jedoch schlug die Alte ihr Tuch zurück. Sie hob den Kopf und ein altes, vornehmes, wenn auch gefurchtes und vergrämtes Gesicht enthüllte sich vor der verblüfften Frau Vang.

»Du scheinst dich verändert zu haben, seit wir uns das letztemal sahen, Ebba«, sagte die Alte.

Frau Vang krampfte die zitternden Hände fest um die Spitzen.

»Sind Sie, sind Sie etwa Frau Dyberg?« fragte sie.

»Ja, ich bin Frau Dyberg«, entgegnete die Alte. »Übrigens nanntest du mich früher Anna.«

Der Boden unter Frau Vang schien zu beben, ihr war, als müsse sie in einen Abgrund versinken. In einer Sekunde zuckten tausend Gedanken und Erinnerungen durch ihr Gehirn, vor allem aber die Erinnerung an etwas, das ihr bis jetzt gänzlich unaufgeklärt geblieben war. Ihr Mann hatte einst einen Geschäftsteilhaber gehabt. Als sich dann aber seine Position festigte, hatte er sich wider dessen Willen von ihm getrennt. Vielleicht war es nicht ganz ehrlich dabei zugegangen, jedenfalls aber hatte er sich nichts Schlimmeres zuschulden kommen lassen als viele andere auch. Seit jenem Tage war es Vang merkwürdig gut ergangen, mit Dyberg, dem früheren Teilhaber hingegen, ging es abwärts, bis er schließlich gänzlich aus der Geschäftswelt verschwand. Frau Vang und ihr Gatte hatten nie miteinander über Dyberg gesprochen, es war dies der einzige Punkt im Leben, der zwischen ihnen keine Abklärung fand. Frau Vang wußte, daß diese Erinnerung ihren Mann gequält hatte, als er auf dem Totenbett um das Abendmahl bat. »Es gibt etwas, das mir vergeben werden muß«, hatte er geäußert. Er hatte sich unter vier Augen mit dem Pfarrer unterhalten, was er aber zu sagen gehabt, hatte Frau Vang nie erfahren. Und in diesem Augenblick erkannte sie, daß es eben die Sache mit Dyberg war, die ihr zuweilen jene seltsame Unrast einjagte, die sie trotz aller äußern Sicherheit, trotz aller Gebete, Kirchenbesuche und Abendmahlsgänge und trotz aller Wohltätigkeit immer wieder befiel.

Und jetzt stand sie der Möglichkeit gegenüber, das rätselhafte Dunkel dieses Falles zu erhellen. Furcht erfaßte sie, ihre Kindheitsfreundin Anna und deren Mann, der jedenfalls irgendwo draußen in der Finsternis auf sie wartete, könnten gleich einem Traumgesicht entschwinden, ehe es ihr gelänge, die beiden zum Bleiben zu überreden, und in ihrem Herzen betete sie inbrünstiger als je zuvor, daß Gott ihr beistehen möge.

Als jedoch Frau Vang ihre einstige Freundin das Kopftuch mit zitternden Händen wieder über die Augen legen sah, schrie sie so laut auf, daß Majken draußen in der Küche erschrocken ein Stück von dem Gebäck fallen ließ. »Nein, nein«, rief sie. Im nächsten Augenblick hatte sie das schwarze Tuch Annas Händen entrissen, sich dieser in die Arme geworfen und weinte nun an der Brust der Jugendfreundin, weinte alle Tränen der Scham, der Angst und der Sündenerkenntnis, die während eines langen Lebens eingedämmt geblieben waren.

Vor diesem unerwarteten Gefühlsausbruch verharrte die alte Hausiererin anfänglich steif wie eine Statue. Dann aber legte sich eine matte Hand auf Frau Vangs Schulter und eine Träne, eine einzige nur, quoll hinter den geschwollenen Lidern hervor.

Majken mußte in aller Eile alles für die neuen Gäste herrichten.

Es dauerte allerdings eine geraume Weile, ehe Annas Mann das Geschehene zu fassen vermochte, und er saß den ganzen Abend stumm wie eine Sphinx da, während seine Frau unter dem Einfluß der Zimmerwärme und der Herzlichkeit Ebba Vangs mehr und mehr auftaute.

Als dann die Lichter am Christbaum angezündet wurden, spiegelte sich ein Widerschein ihres Glanzes auch in seinem Blick; während Ebba Vang das Weihnachtsevangelium vorlas und den Weihnachtspsalm spielte, hielt er die Hände gefaltet. Doch sangen nur Frau Vang und Majken allein, und die beiden Gäste wagten die Speisen kaum zu berühren.

Ebba Vangs Gedanken beschäftigten sich nicht viel mit dem, was sie las oder sang; die ganze Zeit über zermarterte sie sich das Gehirn mit der Frage, wie sie das einstige Unrecht gutmachen könnte. Sollte sie es nicht halten wie Zachäus, der, als Jesus sein Haus besuchte, gelobte, alles was er unrechterweise gefordert habe, vierfach zurückerstatten zu wollen? Frau Vang versuchte auszurechnen, wie viel das wohl ausmachen könnte und wie sie wohl ihr Anerbieten am besten vorbrächte, ohne ihre Gäste zu beleidigen.

Sie wurde jedoch rasch von ihren Sorgen befreit. Denn als sie nach dem Nachtessen ihre Besucher in das beste, für sie vorbereitete Gastzimmer führen wollte, lehnte Anna bestimmt ab.

Frau Vang traute ihren Ohren nicht. Wollten Dybergs denn nicht mit Freuden bei ihr bleiben und zwar nicht bloß über Weihnachten, sondern lange, sehr lange, so lange, wie es ihnen gefiele?

Sie wollte ein paar unbeholfene Worte dieses Inhalts äußern, als Anna ihre Hand ergriff und zu danken begann.

»Liebe Ebba«, sagte Anna, »wir werden nicht bei dir bleiben. Du hast das deine, wir das unsere. Uns wurde für die Nacht bereits ein Zimmer reserviert, und nun hast du uns zum Essen eingeladen und uns einen richtigen Weihnachtsabend der guten alten Zeit beschert, als wir noch Geschäftsfreunde auf Söder waren. Jetzt aber mußt du uns ziehen lassen, denn wir brauchen Ruhe. Wir haben heute einen weiten Weg zurückgelegt.«

Da aber stürzten die Tränen erneut aus Frau Vangs Augen. Und schluchzend bekannte sie, wie sie und ihr Gatte das ganze Leben lang im Gedenken an das durch ihre rücksichtslose Erwerbsgier an Anna und deren Mann begangene Unrecht gelitten hatten, das als ungesühnte Schuld an ihnen fraß. Und jetzt bat Ebba mit echter, rührend wirkender Demut ihre einstigen Freunde um Verzeihung für ihre eigene und ihres verstorbenen Gatten Hartherzigkeit.

Anna und ihr Mann hörten Ebbas Geständnis schweigend an. Ein kurzes Beben überlief die Gestalt des alten Hausierers. Seine kranke Brust hob sich in einem Seufzer, und sein Blick, mit dem er sich in dem gemütlichen Zimmer umsah, verriet ein sekundenlanges wehmütiges Bedauern. Aber er sagte nichts.

Anna hingegen griff nach Ebbas Hand. »Wenn es etwas zu verzeihen gibt«, sagte sie, »so wisse, daß ich und mein Mann längst verziehen haben. Geschäft ist Geschäft, wer weiß, wie wir an eurer Stelle gehandelt hätten? Aber glaube ja nicht, Ebba, daß wir noch die geringste Bitterkeit empfinden. Woher hätten wir die Kraft genommen, neben allen den anderen Lasten auch noch die schwere Bürde der Verbitterung zu tragen? Wir haben gelernt, uns mit unserm Schicksal abzufinden. Das Vagabundieren gefällt uns. Vielleicht liegt es uns beiden im Blute. Ehrlich verdienen wir unsern Unterhalt und Gott hat uns noch immer unser täglich Brot gegeben. Wir tun niemandem etwas zuleide, und wenn wir einmal nicht mehr weiter können, wartet ein Plätzchen in einem Altersheim in Stockholm auf uns. Dort werden wir das Zimmer teilen, solange wir beide noch auf Erden sind.«

»Aber kann ich denn ... kann ich gar nichts für euch tun ... um wieder gutzumachen ...« Frau Vang faltete bittend die Hände.

»Doch«, sagte Anna, »du kannst mir die Spitzen abkaufen. Aber du darfst mir nicht mehr als fünf Kronen dafür geben, denn mehr brauchen wir für die Medizin meines Mannes nicht. Und jetzt ist ja Weihnachten.«

Frau Vang stand in ihrem Schlafzimmer. Sie hatte das Licht gelöscht und die Gardine hochgezogen. In der stillen Weihnachtsnacht sah sie einen alten Mann einen Karren ziehen und eine alte Frau mit herabgezogenem Kopftuch hinten nachschieben.

Doch war es bloße Einbildung oder hatte sie eine Vision? Es schien ihr, zuoberst auf dem Karren säße eine lichte Gestalt, vielleicht die eines kleinen Kindes. Oder stammte das Licht aus ihrem eigenen Herzen?

Eine seltsame Fahrt

Sobald er aus der Allee beim Pfarrhof herauskam und auf die Landstraße gelangte, merkte er, daß ein Schneesturm im Anzug war. Es war nicht ratsam, das Fahrrad zu nehmen, wenn die Schneewehen sich anhäuften. Er kehrte also um und holte seinen Tretschlitten. Aber mit diesem kam er nicht weiter als bis zum Bahnübergang. Er kehrte noch einmal um und zog seine Skiausrüstung an. Seine Frau bat ihn, er solle doch ein Taxi nehmen. Aber er antwortete bloß, es sei nicht sicher, daß man mit einem Auto den Berg hinaufkomme. »Ist es denn so unbedingt nötig, daß du heute gehst? Das Wetter kann morgen besser sein.« Der Pfarrer antwortete bloß, er müsse gehen. Die Frau versuchte es noch einmal. »Du mußt und mußt. Und ich soll hier zu Hause in ständiger Unruhe sein deinetwegen.« »Und wenn ich daheim bleibe, so habe *ich* keine Ruhe«, bekam sie zur Antwort. Und dann ging es wie gewöhnlich: Sie opferte ihre Ruhe auf für die seinige.

Als er nun die Skier anhatte, schlug er den geradesten und steilsten Weg hinauf ein. Aber er bereute es bald; denn im Wald lag schon gefährlich viel Schnee. Abkürzungen sind Umwege, sagt ein Sprichwort. Aber hinauf kam er bis zuletzt doch noch.

Aber wo wohnte nun Lang-Hans? Das Dörflein bestand aus vierzig Höfen, welche dicht zu einem Häufchen zusammengedrängt auf dem Bergrücken lagen, mit herrlicher Aussicht über den See und die blauen Berge im Westen. Aber heute hatte man keine Aussicht. Es wurde kaum über Mittag recht hell, und rund um einen her war eine einzige brausende Schneebrandung.

Die Fahrt galt einem alten Manne, der im Nacken eine schreckliche Krebsgeschwulst hatte. Der Pfarrer hatte vernommen, man habe den Greis in ein Dachkämmerlein gesperrt, wo man ihm das Essen hineinschiebe, ihn aber nicht pflege, weil die Leute auf dem Hof fürchteten, sie könnten angesteckt werden.

Es war viele Jahre her, seit der Pfarrer Lang-Hans das letzte Mal gesehen hatte. Das war an einem Spielmanns-Treffen gewesen. Hans war damals unter all den Spielleuten der älteste und besonders geschickt im Spielen alter Weisen.

Der Pfarrer war nun ins Dorfsträßchen gekommen. Kleine Mädchen und Buben mit roten Backen waren draußen mit ihrem vom Vater verfertigten Schlitten und tummelten sich im Schnee. Ob sie wüßten, wo Lang-Hans wohnte? Ja, weit von hier, in einem der letzten Höfe, ein bißchen abseits vom Wege dort unten, unterhalb des Hügels.

Der Pfarrer fuhr weiter. Die Skier glitten herrlich auf dem körnigen Schnee. Überall in den Häusern wurde auf Weihnachten hin alles rein gefegt, und manch eine Alte grüßte den Pfarrer mit einem gemütlichen: »Ja, bist du bei solchem Wetter unterwegs?«

Am Ende des Dorfes lagen drei Häuser. Der Pfarrer zog die Skier aus und trat in den ersten Hof. Aber zuweilen geschahen ihm seltsame Dinge. Es war manchmal, als käme jemand und stellte sich ihm in den Weg. So auch jetzt. Es war ihm unmöglich, die Hand zu erheben und an die Tür zu klopfen. Er kehrte um und trat in den zweiten Hof. Dort widerfuhr ihm dasselbe. Die Leute sahen ihn durchs Fenster und hörten ihn vor die Türe kommen und umwenden ohne zu klopfen. Was werden sie von mir denken? fragte sich der Pfarrer. Er ging zum nächsten Hof. Auf sein Klopfen antwortete ein fröhliches »Herein!«

Da lag eine junge Frau auf den Knien und scheuerte den Boden. Sie richtete ihr frisches und freundliches Gesicht zu ihm empor. »Nein, wie nett, daß der Herr Pastor Gilius Karin besuchen kommt!« sagte sie. »Ich komme nicht, um Gilius Karin zu besuchen«, antwortete der Pfarrer, »sondern ich wollte fragen, wo Lang-Hans wohnt.« »Gewiß kann der Herr Pastor erfahren, wo Lang-Hans wohnt«, antwortete die Frau, »aber zuerst kommen Sie herein und begrüßen

Gilius Karin. Sie hat schon lange darauf gewartet, daß ein Pfarrer zu ihr käme.« Der Pfarrer strengte sein Gedächtnis an. Gilius Karin? Doch, nun fiel es ihm ein. Über sie stand im Kirchenbuch bloß ein Wort: Lahm. »Ist das die Gelähmte?« fragte der Pfarrer. »Ja, sie ist gelähmt seit ihrem vierten Altersjahr.« »Wie alt ist sie denn jetzt?« »Vierundsiebzig.« »Vierundsiebzig! Siebzig Jahre gelähmt! Was hat sie denn getan ihr ganzes Leben lang?« »Natürlich gearbeitet.« »Was für Arbeit?« »Den Stall besorgt. Sie ist auf den Händen über den Hof gekrochen, und im Stall hat sie sich mit einem Melkschemel vorwärtsgeholfen. Und sie hat gemolken und gefüttert und gearbeitet mit ihren Händen. Aber fröhlich ist sie immer gewesen, fröhlicher als wir, die wir auf unsern Beinen gehen können. Kommen Sie nur herein!« Die Frau stand auf, trocknete ihre Hände ab und öffnete die Stubentür. »Jetzt, Tante Karin, bekommst du Besuch.«

Das erste, was der Pfarrer sah, waren zwei glänzende Augen in einem unglaublich runzeligen Gesicht. Er sah zwei Hände, die sich ihm wie einem lieben Freund entgegenstreckten. Karin lag in einem kleinen Bett, denn ihre Beine waren nicht länger als die einer Vierjährigen. Aber das Bett war fein und rein, und auf Karins Antlitz lag ein stilles Leuchten. Karin war nicht krank. Sie war nur plötzlich ›müde‹ geworden und mochte nicht mehr. »Und nun liege ich da und habe es schön, und alle sind lieb zu mir. Nun ist für mich ein einziger großer Sabbath.« Der Pfarrer nahm das Gesangbuch hervor und sang das Lied ›Wie schön leuchtet der Morgenstern‹. Karin sang mit, und noch nie hatte der Pfarrer jemanden mit solcher Freude die Worte singen hören: ›Wie bin ich doch so herzlich froh, daß Christus ist das A und O, der Anfang und das Ende. Er wird mich doch zu seinem Preis aufnehmen in das Paradeis; drauf faß ich seine Hände . . .‹

Der Pfarrer blieb länger als vorgesehen in Gilius Karins Haus. Denn als er in die Küche hinauskam, stand die Kaffeekanne auf dem Herd, und da mußte er noch Kaffee trinken, obschon es draußen bereits zu dämmern anfing. Aber als er das Gespräch auf Lang-Hans brachte, verfinsterte sich das Gesicht seiner Gastgeberin. »Eine Sünd und Schand ist's«, sagte sie, »wie Menschen mit ihren alten Leuten verfahren können. Lang-Hans muß von einem Hof zum andern fahren, und man weiß nie sicher, wo er ist und wie es ihm geht. Ich glaube, er ist nicht einmal mehr hier im Dorf. Aber er hat Verwandte im Nachbardorf; so ist es wohl am besten, dort nachzufragen.«

Und nun stand der Pfarrer wieder auf den Skiern. Der Sturm raste noch ärger als zuvor, und der Schnee fiel in Massen. Einen Augenblick dachte der Pfarrer daran, umzukehren und heimzugehen und am nächsten Morgen früh noch einmal hinaufzusteigen. Aber eine seltsame Unruhe trieb ihn weiter. Er fuhr durch einen Wald und gelangte auf eine weite Heide, oben auf dem Bergrücken. Dort hatte er den Wind gegen sich und spürte jedesmal, wenn er einen Ski vor den andern schob, wie die eisig harten Windstöße ihm durch die Kleider fuhren. Keine noch so warme Kleidung schützte gegen einen solchen Sturmwind. Obschon der Weg ins Nachbardorf auf dem Berggrat oben nur ein paar Kilometer weit war, fragte sich der Pfarrer, ob seine Kräfte wohl reichen würden, um jemals dorthin zu gelangen. Der Schweiß trat ihm auf die Stirne und gefror zu Eis.

Bald merkte er, daß er sich in einen Kampf auf Leben und Tod hinausgewagt hatte. In einem ähnlichen Schneesturm war ihm einmal ein Knie erfroren, und er fühlte jetzt, wie eben jenes Knie anfing, ihm den Dienst zu versagen. Er jagte weiter, aber er fühlte, daß er immer langsamer vorwärts kam. Da sah er durch den peitschenden Schneesturm auf einmal ganz in der Nähe eine kleine graue Hütte. Ich muß dort hinein, dachte er, ehe ich vollends erfriere. Er verdoppelte seine Anstrengungen und fand an der Hüttenwand endlich Schutz vor dem Sturm, riß die Skier ab und stürzte hinein ohne zu klopfen.

Es war eine alte Hütte. So alt, daß man darin noch nicht

einmal einen Eisenherd hatte. Im offenen Kamin rauchten ein paar Klötze, und im schwachen Feuerschein sah er eine Frauengestalt in einer alten, unvorstellbar schmutzigen Lederjacke. »Wer seid Ihr denn?« »Ich bin der Pfarrer.« Bei diesen Worten stieß die Frau einen Schrei aus. Sie fiel vor dem Pfarrer auf die Knie und rief mit zusammengekrampften Händen: »Ich will bekennen, ich will alles bekennen!« Der Pfarrer war so verdutzt, daß er keine Worte fand. Aber ein anderer legte ihm die Worte in den Mund, und er redete mit einer Stimme, die er selbst nicht wiedererkannte. Er hörte, sicher ebenso verdutzt wie die Frau, eine Stimme laut und sicher sagen: »Bekenne mir alles!« Die Frau lag zu seinen Füßen und rang die Hände. »Oh, wegen des schmutzigen Geldes! Wegen des Sparbüchleins, das Hans unter dem Kopfkissen hat!« Und wieder sprach die fremde Stimme aus dem Munde des Pfarrers: »Wo *ist* Lang-Hans?« Die Frau schrie: »Ich darf nicht, ich darf nicht! Vielleicht ist er schon tot.« Aber der Pfarrer beugte sich zu ihr hinab und packte mit hartem Griff ihren Arm. Er hatte plötzlich Kräfte, die er selbst nicht kannte. Und er hörte jemanden der Frau ins Ohr rufen: *»Wo ist Lang-Hans?«* Die Frau erhob sich schwankend. »Kommen Sie mit mir!« wimmerte sie.

Der Pfarrer hielt noch immer den Arm der Frau fest. Sie gingen auf den Hof hinaus und dann gegen einen Schuppen in einer Reihe grauer Häuschen. Die Frau stieß eine Tür auf und rief ins Dunkel hinein: »Lang-Hans, Lang-Hans, lebst du noch? Oh, Gott erbarme sich! Sag, ob du noch lebst, Lang-Hans!« Der Pfarrer ließ den Arm der Frau los und nahm Zündhölzer heraus. In einer Ecke sah er einen Herd. Dort lagen ein paar Späne am Boden. Er zündete sie an. Da sah er Lang-Hans. In einem Bett aus Stroh und mit ein paar Fellen über sich lag der Alte da, entstellt durch sein schreckliches Geschwür und mit unnatürlich starrem Blick. Die Frau war zu seinem Lager getreten und strich ihm über Arme und Beine. »Lebst du noch, Hans? Oh, sag, daß du lebst und noch nicht erfroren bist!« »Gewiß lebe ich noch«, kam es leise und stoßweise. »Aber ich friere, ich friere bis hinein ins Mark.«

Der Pfarrer begriff, daß man Lang-Hans nicht plötzlich ins Haus nehmen durfte. Das wäre gefährlich gewesen, wenn er vielleicht schon zu erfrieren begonnen hatte. Er ging hinaus, um Schnee zu holen, und fing an, des Alten Hände, Nase und Wangen, die schon weiß zu werden begannen, damit einzureiben. Er arbeitete sich selbst warm, so daß er abwechselnd schwitzte und fror in der eiskalten Hütte. Die Frau kam herein mit einem Arm voll Holz, aber der Pfarrer befahl ihr, die Hütte nur langsam aufzuheizen. Sie hatte, wie man jetzt sah, einst als Backstube gedient.

Während der Pfarrer am heftigsten arbeitete, um wieder Leben in die frostgeschädigten Hände zu bekommen, hörte man Pferdegeschell auf dem Hofplatz. Die Alte fuhr zusammen und horchte erschreckt. »Nun kommt Jerk«, sagte sie. »Er ist es, der mich dazu verleitet hat.« Als der Pfarrer an der Türe Schritte hörte, zog er sich instinktiv in den Schatten des weit vorstehenden Backofens zurück. Der Mann, der hereinkam, sah ihn nicht. Der Pfarrer hörte eine rohe Stimme: »Was machst du da, Marja?« Was die Frau jetzt sagte, würde sie kaum zu sagen gewagt haben, wenn sie nicht den Pfarrer in der Nähe gewußt hätte. »Ich wurde reuig«, sagte sie. Der Mann lachte hart. In diesem Augenblick trat der Pfarrer aus dem Dunkel in den Feuerschein. Er sagte nichts. Er sah bloß den Mann an, der vor ihm stand, eisig und kalt, wie ein böser Geist aus dem Reiche frostiger Finsternis. Und während er den Mann anschaute, sah er, wie dessen Gesicht sich verwandelte. Grausamkeit und Gier gingen über in Zorn über die Aufdeckung seines bösen Vorhabens. Aber der Zorn wich einem tödlichen Schrecken. Und der Schrecken gebar schließlich etwas, was vielleicht wie Reue aussah, nicht Reue über das Böse selbst, sondern über einen Versuch, Böses zu tun, der mißlungen war.

Aber der Pfarrer schaute unverwandt in die Augen des

Mannes. Und durch seine Augen blickte ein anderer den Verbrecher an. Und etwas vom Licht der Wahrheit und der Liebe drang in ihn ein, bis in jene Tiefen, wo in einer armen Menschenseele stets noch eine Möglichkeit für den Himmel verborgen liegt. Der Pfarrer sah, wie die harten, bitteren, vergrämten, erschrockenen Züge sich entspannten. Er spürte, wie innerhalb dieser Schale, die einen Menschen in sich barg, ein Kampf ausgefochten wurde. Der Kopf senkte sich, und die zusammengekrampften Hände ließen endlich fahren, was sie hatten festhalten wollen: den letzten eitlen Mannesstolz. Und schließlich hörte man die Worte, die jetzt gesagt werden mußten: »Auch ich bereue, was ich getan.« »Dann hilf mir, Hans ins Haus hinüber tragen!« Der Mann warf die Peitsche von sich und schlüpfte aus dem schweren Pelz. Marja kam mit einem Tragbrett und ein paar Pferdedecken, und Hans wurde ins Haus hinüber getragen. Neben der Küche war eine Kammer. Sie war kalt, aber gerade jetzt war es am besten so. Es war dem Pfarrer gelungen, in die halb erfrorenen Glieder des Alten wieder Leben zu bringen. Der Kaffeekessel wurde übers Feuer gehängt, und Hans bekam etwas Warmes in den Leib. Dann wärmte die Frau Wasser und nahm Linnen hervor, das – wenigstens nach ihren Begriffen – rein war. Der Pfarrer wusch Hans das übelriechende offene Geschwür so gut er konnte und legte ihm einen Verband an. Hans war noch zu sehr benommen, um zu verstehen, was eigentlich mit ihm geschehen war.

Marja und Jerk behaupteten, Hans habe selber gewünscht, sie möchten ihn in der Backstube draußen wohnen lassen. Und das ist sehr wohl möglich. Aber dann war die Versuchung über sie gekommen, die Stube nicht mehr zu heizen, sondern Hans erfrieren zu lassen.

Die beiden Menschen glichen jetzt eher zwei erschrockenen Kindern als ungeheuerlichen Verbrechern. Während der Pfarrer mit ihnen sprach, wurden sie wieder zu Menschen. Marja sprach: »Es ist furchtbar, wie das Böse Macht gewinnen kann über einen Menschen. Ich habe mich selber nicht mehr gekannt, seit Jerk mit mir davon zu reden begann, wie wir es anstellen wollten. Er machte mir sogar weis, es sei für Lang-Hans selbst am besten, wenn er sterben könne. Er würde an seiner Stelle auch nicht mehr leben wollen.«

Lang-Hans sagte nicht viel. Aber er hatte eine Frage auf den Lippen. Schließlich konnte er sie nicht mehr länger zurückhalten. »Wie kam der Herr Pastor bloß dazu, heute hierher zu kommen?« »Das weiß ich selbst nicht«, antwortete der Pfarrer. »Da war wohl einer, der meine Fahrt lenkte.«

Es blieb eine lange Weile still. Die Flammen züngelten im Kamin. – Dann sagte die Frau: »Der Pfarrer wurde wohl nicht nur wegen Lang-Hans hierher geschickt. Denk, was *wir* sonst für eine Weihnacht bekommen hätten! Und was für eine Ewigkeit!«

Als der Pfarrer an diesem Abend endlich heimkam, saß ein Mann in der Stube und wartete auf ihn. »Ja, ich komme bloß, um zu sagen, daß Tante Karin gestorben ist.« »Tante Karin?« Der Pfarrer konnte sich nicht an den Mann erinnern und wußte nicht, wer Tante Karin war. »Ja, Tante Karin, Gilius Karin auf dem Berg oben.« »Ja, aber bei ihr bin ich ja erst vor ein paar Stunden noch gewesen.« »Gewiß. Aber nachdem der Herr Pastor gegangen war, wollte die Mutter mit Kaffee zu ihr hingehen. Da lag sie und schlief. Als ich dann aus dem Wald heimkam und zu ihr hineinging, sahen wir, daß sie gestorben war. Aber sie sah so glücklich aus. Wie ein glückliches kleines Kind. Und nun mußte ich einen Sarg bestellen. Da dachte ich, ich wolle auch noch zum Herrn Pastor gehen und ihm das sagen. Das wird für uns eine seltsame Weihnacht werden. Und es war auch eine ganz seltsame Fahrt, die der Herr Pastor heute gemacht hat«, fügte der Mann hinzu. »Ja, das war eine seltsame Fahrt«, antwortete der Pfarrer und schaute durch die dunkle Fensterscheibe, vor der die Flocken wirbelten.

Der Malkasten

Weit oben in den Bergen lag die kleine Neusiedlung von Skråningen. Am Anfang hatte sie nur aus einem einzigen Hofe bestanden. Als es sich jedoch zeigte, daß Mats Ersson auf seinem kleinen Grundstück sich und seine Familie gut durchbringen konnte, zogen noch mehr Neusiedler dort hinauf. Und mit der Zeit entstand eine ganze Kolonie. Zuletzt waren dort so viele Kinder, daß man eine eigene Schule erhielt. Aber es war schwer, einen Lehrer zu bekommen. Die jungen Lehrerinnen, die sich meldeten und die Stelle annahmen, bekamen den ›Lapplandkoller‹ und mußten wieder fortziehen. Schließlich gelang es, einen älteren, unverheirateten Lehrer zu gewinnen, der Lutman hieß. Er war sicher ein sehr begabter Mann. Er war musikalisch, und er konnte zeichnen und malen; aber die langen, dunklen Abende gingen auch ihm auf die Nerven. Und dann suchte er Trost beim Schnaps.

Man war vorher im Dörflein recht nüchtern gewesen. Niemand hatte Zeit und Geld gehabt, sich mit dem Branntwein einzulassen, wo es doch so viel harte Mühe kostete, Land zu roden, Häuser zu bauen und Batzen zu sparen für Hausrat und Vieh. Aber sobald der Wohlstand wuchs und Geld übrigblieb, fing der eine und andere an, dem Beispiel des Lehrers zu folgen.

Mats Ersson kämpfte dagegen. Er wußte, wie gefährlich es für einen Neusiedler war, sich mit dem Branntwein zu verbünden. Was so hoffnungsvoll begonnen, konnte bald ein Ende mit Schrecken nehmen. Aber wie Mats Ersson auch predigte und warnte – er fand keinen Bundesgenossen. Er war zuletzt der einzige im Dorf, der nüchtern blieb. Und dann ging es, wie es oft zu gehen pflegt: wenn die Neusiedler sich toll und voll getrunken hatten und im Katzenjammer und voller Ärger umhergingen, dann wandte sich der Ärger leicht gegen den, der am wenigsten schuldig war. Im übrigen war es ja allen bekannt, daß Lehrer Lutman es war, der das Elend ins Dorf gebracht hatte. Aber er war Saufbruder und ihr Kamerad, wenn er auch nie mit den Neusiedlern zusammen zechte, sondern sich in die Abgeschiedenheit und Einsamkeit seiner tristen Wohnung einschloß.

Nun muß jedoch um der Gerechtigkeit willen gesagt werden, daß Lutman ein ausgezeichneter Lehrer war. Er hielt strenge Ordnung, und er lehrte die Kinder, was sie lernen mußten. Sie konnten lesen und schreiben und sonst noch alles mögliche. Aber Lutman versuchte vergeblich, ihnen etwas von seinen künstlerischen Interessen mitzuteilen.

Das kleine Harmonium im Schulzimmer war ein erbärmliches Instrument, aber desto herrlicher war Lutmans Stimme. Die Wandtafel war auch nicht groß, aber dort fand vieles Raum, und sie blieb sehr selten schwarz. Lutman zeichnete zu allem, was er erzählte. Er zeichnete Blumen und Vögel und machte sie mit seinen Farbkreiden noch viel prächtiger. In der Geschichts- oder Religionsstunde erzählte Lutman mit der Kreide in der Hand, so daß die Kinder alles sahen, was er erzählte. Kein Wunder, daß sie mit großen, verträumten Augen dasaßen und daß sie ihren Lehrer liebten, so wie man eben einen freundlichen Zauberer oder einen lustigen Erzählonkel liebt.

Aber die Kinder dazu zu bringen, daß sie selber sangen oder zeichneten und malten, das war ein Ding der Unmöglichkeit. Nein, man sang nicht dort oben in der Neusiedlung. Das Gebirge hing zu schwer über einem, und das Tal war zu eng. Und wie der Mund dieser Kinder stumm war, wenn sie singen sollten, so waren die kleinen Finger ungelenk, wenn es galt, etwas von dem, was sie sahen, in Linien und Farben einzufangen.

Aber eines Tages kam Mats Erssons Olle und zeigte dem Herrn Lehrer etwas. Olle hatte draußen an der Scheunenwand eine tote Schwalbe gefunden, gerade dort, wo die Pechnelken und Gänseblümchen am schönsten gediehen. Das Schwälbchen war so fein mit seinen blau-schwarz schimmernden Schwingen und seiner weißen Brust. Da war Olle hineingegangen, um Papier und Bleistift zu holen, und hatte alles abgezeichnet. Und nun hätte er gerne den Malkasten des Herrn Lehrer geliehen, damit er sein Bild fertigmachen konnte.

Lutman schaute verwundert zuerst die Zeichnung an, dann Olle, dann wieder die Zeichnung. Aber er sagte nichts, denn in gewissen Dingen war er ein verständiger Mann. Er legte die Zeichnung in seine Schublade und begann die Stunde wie gewöhnlich. Olle würgte den ganzen Tag das Weinen im Hals. Er hätte seine Zeichnung gerne wieder gehabt. Er hatte das Schwälblein begraben. Es war für ihn gewesen, als hätte er einen lieben Freund begraben. Nun hätte er die Zeichnung gern behalten als eine Erinnerung an den kleinen Vogel; aber nun hatte sie der Lehrer an sich genommen.

Aber als die letzte Schulstunde zu Ende war und der Lehrer das Gebet und den Choral gesungen hatte – fast allein, von den Kindern bloß durch ein schwaches Piepsen unterstützt –, da klopfte Lutman Olle auf die Schultern, als er unbemerkt zwischen den andern hinausschleichen wollte. »Komm zu mir nach Haus heute nachmittag, wenn du deine Aufgaben gemacht hast!« Olle blickte schüchtern zu dem großen Manne mit dem dichten grauen Haar und den buschigen schwarzen Augenbrauen empor. Er nickte.

Lutmans Wohnung bestand aus einer Küche und einer kleinen Kammer daneben. Dort war es nackt und kalt. Ein Tisch, zwei Stühle, ein wackeliges Bett und eine unschöne Kommode bildeten die ganze Einrichtung in der kleinen Kammer. Aber dort saßen nun der Lehrer und sein Schüler und zeichneten und malten. Es war Anfang September, und die Tage fingen an kurz zu werden. Bald kroch die Dämmerung in das Kämmerlein. Der Lehrer zündete ein Licht an, dann noch eins. Die Stunden flogen nur so dahin, und bald stand das Abenddunkel schwarz vor dem kahlen Fenster. Der Lehrer sah auf die Uhr. »Lieber Junge, es ist schon lang Schlafenszeit. Du mußt machen, daß du nach Hause kommst.« Olle schaute auf, mit roten Wangen. Seine Augen glänzten. »Muß ich jetzt gehen?«

»Ja, du mußt gehen. Wir fahren morgen nachmittag weiter.«

Diesen Herbst trank Lutman nicht. Aber die Männer im Dorf taten es weiter. Mats Ersson war es, als hätte er seinen jüngsten Sohn verloren. Olle war fast jeden Abend beim Lehrer.

Eigentlich hatte Mats Ersson auf Olle keine so großen Hoffnungen gesetzt. Er war zum Schluß noch zu den andern hinzugekommen. Seine Frau war schon über vierzigjährig gewesen, als er zur Welt kam. Die andern Kinder waren schon erwachsen und die ältesten sogar schon verheiratet. Sie waren alle tüchtige Waldarbeiter. Er hatte bloß Jungen, und die Frau war stolz, das einzige Weibervolk im Hause zu sein.

Olle war stets schmächtig und schwächlich gewesen. In einer Neusiedlung, wo man starke Arme brauchte, um sich durchzubringen, war es beunruhigend, wenn man solche Kinder bekam. Und wenn er jetzt dazu noch ganze Abende bei Lutman saß, so wußte niemand, was schließlich noch aus ihm werden konnte. Denn vor Lutman hatte Mats Ersson keine besondere Achtung. Einer, der dazu angestellt war, andere zu lehren, und nicht einmal seine eigenen Triebe im Zaum halten konnte!

Es ging gegen Weihnachten. Und immer noch brachte Olle seine meiste freie Zeit bei Lutman zu. Daß dort irgendwelche gefährlicheren Dinge vor sich gehen würden, konnte sich Mats Ersson nicht denken. Es hatte ja keine Vorhänge in der Lehrerwohnung, so daß, wer nur wollte, jederzeit hingehen und gerade in die Kammer hineinschauen konnte. Aber eines Abends, als Mats Erssons Weg gerade am Schulhaus vorbeiführte, sah er, daß der Lehrer sich einen Rollstoren verschafft hatte. Vorher hatte man das Lampenlicht kalt und nackt durch die vorhanglose Fensterscheibe stechen sehen; aber heute abend war dort ein schwacher, geheimnisvoller Schein.

Mats Ersson wurde unruhig. Rollstoren in einer Neusiedlung! Das war ja der reinste Luxus! Wer das Seine im Frieden haben wollte, nähte mit ein paar Stichen einen Stoffrest auf ein Band, das er quer über das Fenster spannte. Das hatte bis jetzt für jedermann genügt. Nun würde man sehen: wenn der Lehrer sich einen Rollstoren verschaffte, mußte das ganze Dorf auch solche haben.

Mats Ersson war sonst nicht neugierig. Aber jetzt zog es ihn unwiderstehlich zum Schulhaus hinüber. Zuerst ging er ein bißchen zögernd, fast als ob er sich schämte. Aber die Schritte wurden immer eifriger, der Gang immer rascher.

Jetzt war er dort. Aber was war das? Auf gewöhnliches braunes Packpapier hatte jemand die Aussicht vom Dorf gegen den Haukefjell auf der norwegischen Seite hingezaubert. Der Berg mit der weißen Schneekrone zuoberst leuchtete blau, man sah den Silberbach sich über die Felsen hinunterstürzen, und im Tal unten leuchteten alle Bergblumen in froher Farbenpracht.

Aber all diese Schönheit tat Mats Ersson bloß weh in seinem Innern. Sollte sein Junge ein Taugenichts von Maler werden, der solches Zeug machte? Davon konnte man nicht leben in der Neusiedlung von Skråningen. Nein, er war fest entschlossen, dieser Lauferei zum Lehrer hinüber ein Ende zu machen. Olle ging jetzt das letzte Jahr zur Schule; nächsten Winter würde er mit in den Wald müssen zu harter Arbeit.

Mats Ersson ging mit festen Schritten die lange Außentreppe zum Schulhaus hinauf. Hinein in den dunklen Hausgang. Hin zur Tür, wo durch eine Ritze Licht drang. Er klopfte und hörte das »Herein!« des Lehrers. Es klang furchtbar beschäftigt. Und beschäftigt war Lutman. Er war eben daran, eine Rolle zu verfertigen, um den Storen hinauf- und hinunterziehen zu können. An einem modernen, selbstfedernden Storen war ja nicht zu denken im Neusiedlerdorf von Skråningen. Aber es ging auch mit einer großen Fadenspule, die am Ende eines runden Steckens festgeschraubt wurde. Man wickelte ein Stück Schnur auf die Spule, und dann ging es prima.

Mats Ersson stand da und sah zu, wie der Vorhang heruntergenommen und mit kleinen Stiften auf dem Stecken befestigt wurde. Zwei Nägel wurden krumm geschlagen. Der Vorhang wurde aufgehängt, und das Hinauf- und Hinunterziehen funktionierte perfekt.

Lutman wandte Mats Ersson ein leuchtendes Gesicht zu. Aber dieser stand mit zusammengekniffenem Munde da und starrte mit bösem Blick auf eine Masse Zeichnungen, die meisten koloriert, die auf die schmutzigen und zerschlissenen Tapeten geheftet waren. »Wer hat all das Zeug da gemacht?« fragte er. Seine Stimme verhieß nichts Gutes. Das Leuchten in den Augen des Lehrers erlosch. Er wurde grau im Gesicht und sah niedergeschlagen aus. »Das ist Olles Werk, alles zusammen. Er hat wirklich Talent, der Junge. Ich hoffe, ihm in den Anfangsgründen helfen zu können. Vielleicht kann ein Künstler aus ihm werden.« Mats Ersson unterbrach ihn: »Künstler! Narrenzeug! Da wird nichts daraus. Nun ist es Schluß mit diesen Dummheiten. Olle kommt mit mir heim. Na, komm schon, Junge!« Olle schaute bestürzt zu seinem Lehrer auf. »Soll ich gehen?« fragte er zögernd. Mats Ersson fing Feuer. »Und *du* kannst so etwas fragen, Junge? Wer ist dein Vater? Ich oder der Lehrer?« Lutman sah ein bißchen beschämt nach Olle. »Du mußt gehen«, sagte er. »Selbstverständlich folgst du deinem Vater.« Olle sah hilflos um sich. »Und meine Bilder?« fragte er leise. »Können die hier bleiben?« Der Lehrer nickte. Und Olle ging. Mats Ersson war schon ein gutes Stück voraus auf dem Weg nach Hause.

Kein Gottesdienst mit Lichterglanz erhellte in der Neusiedlung das Winterdunkel. Aber die Frauen, die in ihrer Kindheit in den Dörfern unten Weihnachten gefeiert hatten, machten auf das Fest hin zu Hause alles so sauber und schön, als sie nur konnten. Sie wußten, daß die Männer den unent-

behrlichen Weihnachtsschnaps heimbringen würden, und daß all das Schöne, das sie mit bescheidenen Mitteln auf den Feiertag hin zu schaffen versuchten, von Rausch und Katzenjammer heruntergerissen werden würde.

Mats Erssons Haus war weihnächtlicher hergerichtet als irgendein anderes. Dort hatte man gewöhnlich sogar einen Weihnachtsbaum und Weihnachtsgeschenke. Aber dieses Jahr wollte einfach keine rechte Weihnachtsfreude aufkommen. Seit Mats Ersson mit Olle heimgekommen war, mit langem Gesicht, still und verschlossen, war die alte Gemütlichkeit mit einem Mal wie weggeblasen. Mats Ersson, der sonst ab und zu einen gutmütigen Scherz zum besten geben konnte, war der reinste Griesgram. Die Frau, deren Gesicht sonst vom Widerschein ihres Mannes leuchtete, war auch schweigsam und mürrisch. Die Söhne, die vom Wald heimkamen, merkten, daß etwas nicht in Ordnung war. Und als Mats Ersson sich zur gewohnten Weihnachtsfahrt ins Dorf hinunter rüstete, hatte es niemand eilig mit den gewohnten Wünschen für die Bescherung.

Mats Ersson fand schließlich doch, er sollte einen Versuch machen, freundlich zu sein. Als er fertig gerüstet dastand, in das weite Hundefell gehüllt, die Peitsche in der Hand, griff er Olle unter das Kinn und richtete sein bleiches Gesicht zu sich empor. »Na, was möchtest du zu Weihnachten haben, Junge?« fragte er. Olle antwortete nicht. Und als Mats seine Frage wiederholte, diesmal ein bißchen drohend, drehte Olle sein Gesicht weg und murmelte: »Nichts.«

Als Mats an der Lehrerwohnung vorbeifuhr, dachte er, er könnte vielleicht auch dem Lehrer eine kleine Freundlichkeit erweisen. Er war wohl unnötig heftig dreingefahren. Hinter dem Küchenfenster war Licht. Er klopfte. Niemand antwortete. Mats Ersson stieß die Tür auf.

Drinnen sah er den Lehrer auf einem Stuhl sitzen. Er lag mit den Armen auf dem Tisch und hatte den Kopf zwischen ihnen verborgen. Vor ihm stand eine Branntweinflasche, zur Hälfte geleert. Die Lampe rauchte. Mats Ersson schraubte den Docht zurück. Er half dem Lehrer ins Bett. Er war sternenhagelvoll. Dann löschte er die Lampe.

Es waren keine frohen Gedanken, die Mats Ersson auf seiner Fahrt ins Dorf hinunter begleiteten. Die Erinnerung an die traurige Stimmung zu Hause und an den betrunkenen Lehrer verfolgte ihn. Was sollte er eigentlich im Dorf unten? Ein bißchen glänzendes Lumpenzeug kaufen, um die traurige Weihnacht damit zu vergolden. Etwas besonders Gutes zum Essen für den Feiertag. Ein wenig Flitter für den Weihnachtsbaum. Christbaumkerzen. Aber würde es deswegen Weihnachten werden? Würde Olle wieder froh werden? Und wie würde die Weihnacht für den Lehrer werden?

Auf einmal sah Mats Ersson ein, wie übereilt und dumm er gehandelt hatte, als er Olle von der frohen Arbeit mit Lutman zusammen weggeholt und heimgenommen hatte. Er sah jenen Vorhang vor sich. Wärme und Leben und Farben des Sommers mitten im Winterdunkel und Eis. Er erinnerte sich an Lutmans strahlendes Gesicht, als es ihm gelungen war, die Ziehvorrichtung für den Storen fertigzustellen. Sah auf den Wangen seines Jungen Rosen der Freude glühen.

Nein, er hatte sich wirklich dumm benommen, Mats Ersson; er war ein richtiger Holzklotz. Er schwitzte in seinem Pelz, obschon ihm die Kälte ins Gesicht schnitt. Meile um Meile legte er zurück. Der kurze Tag ging in die frühe Winterdämmerung über, ehe er in den Dörfern im Tal unten die Lichter aufleuchten sah. Er stellte das Pferd in den kleinen Stall, den er bei der Kirche besaß, und trat seinen Gang von Laden zu Laden an. Sein erster Besuch galt einer Drogerie. Dort kaufte er zwei Dinge. Zuerst einen Malkasten, den größten und teuersten, den sie hatten. Und dann einen Rollstoren aus hellem Stoff mit einer solch modernen Federvorrichtung, wie er sie bei den reichen Bauern gesehen hatte. Er ging auch in eine Papeterie und Buchhandlung und kaufte Farbstifte und ein paar dicke Zeichenblöcke. Und erst als er diese Einkäufe besorgt hatte, machte er seine gewöhnliche Runde und erstand noch all den übrigen Weihnachtskram.

Die Mutter hatte daheim zu Weihnachten wirklich alles fein hergerichtet. Wenn ihr Mann nicht bei bester Laune war, so wollte sie doch bestrebt sein, alles zu tun, was sie konnte. Sie schickte Olle in den Wald, um einen Christbaum umzuhauen. Und Olle hieb heimlich auch noch einen für den Lehrer und schlich in der Dämmerung damit zum Schulhaus. Er stellte ihn in den Hausgang und dann klopfte er an die Tür und sprang davon. Er verbarg sich hinter dem Schopf und sah den Lehrer herauskommen und den Baum hineinholen. Lutman stand eine gute Weile auf der Treppe und spähte ins Dunkel. Olles Herz klopfte, und er sah die Gestalt seines geliebten Lehrers sich gegen die offene Küchentür abzeichnen. Das wollte er zu Hause in einer Skizze festhalten. Wie gerne wäre er hinaufgesprungen, um Lutman die Hand zu drücken und ihm fröhliche Weihnachten zu wünschen. Aber Vater würde das nicht haben wollen. Und Olle war ein gehorsamer Sohn.

Als Vater heimkam, wurde es auf einmal seltsam hell und freundlich im Hause. Vater war so glänzender Laune, daß sogar Olle auftaute. Und doch war es, als schmecke ihm nichts wie sonst. Weder das in den Suppentopf getauchte Brot noch der Weihnachtsschinken, noch das Eingemachte, noch der Heringssalat.

Olle dachte die ganze Zeit an Lutman. Wenn sein Lehrer bei alle dem hätte dabei sein dürfen! Die Mutter dachte sicher auch so. Aber sie wußte ja, wie bitter böse der Vater auf den Lehrer geworden war, der Olle Künstlergrillen in den Kopf gesetzt hatte. Sie hätte gewiß gerne auf Weihnachten Lutman zu sich eingeladen. Aber sie wagte es nicht wegen des Vaters.

Mats Ersson aß mit gutem Appetit von den guten Weihnachtsgerichten, die die Mutter bereitet hatte. Aber dann hatte er es eilig mit dem Anzünden der Lichter am Baum. Die Weihnachtsgeschichte mußte vorgelesen werden, und das besorgte stets die Mutter. Dann sagten alle zusammen das Lied ›Willkommen schöne Morgenstund'‹ auf. Niemand kam auf den Gedanken, daß man das miteinander hätte singen können. Singen! Das fehlte noch, das! Nein, eher hätte man sterben wollen, als daß man gewagt hätte, zusammen zu singen.

Aber dann kamen die Weihnachtsgeschenke.

Das letzte Paket war für Olle. Alle andern hatten zuerst das ihre bekommen. Die Mutter einen neuen wollenen Schal, Jonte eine neue Axt, Erik ein Paar neue Hosen usw. Olle, der Jüngste, mußte warten. Zuletzt kam sein Geschenk.

Er wurde zuerst ganz bleich, als er das Papier aufgewikkelt hatte. Dann wurde er rot wie ein Rosenapfel. Er sagte nichts, sondern schaute bloß den Vater an.

Er strich mit seinen Händen wie liebkosend über die blanke, glänzende Verschalung, ehe er den Malkasten öffnete. Er hob ihn zu seinem Gesicht empor, schloß die Augen und roch daran. Jene schöne Lila-Farbe roch am allerstärksten. Genau wie die kleinen Bergazaleen im Frühling.

Olle schaute mit einem glücklichen Blick zu seinem Vater auf. Streckte ihm die Hand entgegen und machte eine Verbeugung. Der Vater hielt seine Hand eine Weile fest. »Du darfst zum Herrn Lehrer gehen und ihm den Malkasten zeigen«, sagte er. »Jetzt gleich?« Mats Ersson nickte. »Warte einen Augenblick! Du mußt auch noch ein Geschenk für ihn mitnehmen.« Mats Ersson nahm ein längliches Paket unter dem Baum hervor. »Gib ihm das. Und bitte ihn, zu uns zu kommen und das Weihnachtshafermus mit uns zu essen. Oder nicht, Mutter?« Seine Frau nickte. Nun erkannte sie ihren Gatten allmählich wieder.

Olle sprang durch die Schneewehen, daß es um ihn herum nur so stob von aufgewirbeltem Schnee. Er stürmte in die Wohnung des Lehrers hinein, ohne anzuklopfen.

Aber er erschrak, als er eintrat. Sein Weihnachtsbaum lag am Boden. Der Lehrer saß auf einem Stuhl und starrte ein paar Brettchen an, die er in den Händen hielt. Auf dem Tisch lag eine Säge, ein Bohrer, ein Hammer und ein paar Nägel. Lutman hatte ein Kreuz machen wollen, um den Baum darein zu stecken. Aber er brachte es nicht fertig. Was sollte er mit einem Baum anfangen, und was sollte er mit einem Christbaumkreuz anfangen? Auf dem Tisch stand eine Schnapsflasche. Eine ganz neue, noch ungeöffnete Flasche. Was sollte man mit einem Christbaum und einem Christbaumkreuz, wenn man ein armer, einsamer Mensch war? Und wenn man Branntwein hatte! Er starrte hilflos nach Olle hin, der mit seinen Paketen auf den Armen unter der Tür stand.

Aber Olle sprang zu ihm hin. Er legte die Werkzeuge weg. Die Schnapsflasche wagte er nicht anzurühren. Dann nahm er den Malkasten hervor. »Vater hat ihn gekauft«, sagte er. »Und Vater hat mich gebeten, den Herrn Lehrer zu uns zu holen. Und Vater hat ein Geschenk mitgeschickt. Ich glaube, es ist ein Rollstoren. Darf ich ihn aufmachen?« Lutman nickte. Er sah ziemlich uninteressiert aus. Vielleicht war er in Katerstimmung. So hatte er jeweils am Montagmorgen ausgesehen – früher, bevor Olle zu malen anfing. Olle befreite das Geschenk vom Papier. Es war ein schöner Storen. Nur zu schön für die häßlich nackte Küche. Aber Olle nahm einen

Stuhl und ergriff Hammer und Nägel. Er hängte den Vorhang vor das Fenster. »Da gibt's etwas zu bemalen«, sagte er. »Für Stoff brauchten wir Ölfarbe«, sagte der Lehrer hoffnungslos. »Wir *haben* Ölfarbe! Schauen Sie!« Erst jetzt schaute Lutman den Malkasten richtig an. »Tuben!« sagte er. »Ölfarbe! Nun können wir richtig zu malen anfangen, Olle!«

Olle sah, wie Lutmans Gesicht zu leuchten anfing. Ja, leuchten konnte dieses Gesicht! Er nahm einen von den Pinseln und strich liebkosend über das weiche Haar. »Aber zuerst müssen wir heimgehen und miteinander den Weihnachtshaferbrei essen«, sagte Olle. Der Lehrer stand auf. Er streckte ein bißchen verschämt die Hand nach der Schnapsflasche aus und versorgte sie in einen Schrank. Aber bevor Olle ging, machte er noch den Christbaumfuß fertig. Das war eine Arbeit von bloß ein paar Minuten. Er war geschickt in solchen Dingen. »Ich werde mit Ihnen zurückkommen und Kerzen daranstecken«, sagte er kameradschaftlich. »Und morgen fangen wir wieder an zu malen. Nicht wahr, das werden wir?« »Ob dein Vater einverstanden sein wird?« »Ich sah es ihm an, daß er einverstanden ist.« Der Lehrer sagte nichts. Aber er begann zu ahnen, wer der Unbekannte gewesen war, der ihm gestern abend ins Bett geholfen und die Lampe gelöscht hatte. So folgte er Olle in sein Elternhaus.

Eine so lustige Weihnacht wie an diesem Abend hatten sie bei Mats Ersson noch nie gehabt.

Aber das Allerlustigste an dieser Geschichte ist, daß Olle wirklich Maler wurde. Sogar ein recht tüchtiger Maler.

Drei zerbrochene Tasten

Alle Jahre, so weit zurück, wie die Kinder sich erinnern konnten, war der Weihnachtsgast gekommen. Die Kinder nannten sie ganz einfach »Karin Weihnachten«. Diesen Namen hatte sie an einer Weihnacht erhalten, als auch das Mädchen in der Küche »Karin« hieß. Pelle war es, der sie so getauft hatte. Sie war durch die Küchentür hereingekommen und stand da in ihrem schönen Pelz mit Schneeflöckchen im krausen Haar und einer ganzen Menge Pakete in den Armen.

»Und dies hier ist Karin«, stellte die Mutter vor, als das Mädchen am Herd sich mit dem Kochlöffel in der Hand umdrehte.

»Aber wie werden wir sie auseinanderhalten können?« sagte Lisa, das Schulmädel. »Alle beide heißen sie ja Karin!«

»Ich weiß«, sagte Pelle, »Tante Karin nennen wir Karin Weihnachten!«

»Aber die andere Karin dann?« fragte Lisa.

Pelle war selten um Rat verlegen.

»Sie darf Karin Herd heißen«, sagte er.

Und Karin Weihnachten lachte, und Karin Herd errötete, so daß die Herdrosen auf ihren Wangen noch röter flammten als zuvor.

Ja, so war es an jenem Weihnachten gewesen, und das war nun lange her. Aber Karin Weihnachten kam jedes Jahr wieder. Und die Zeit verging. Die Kinder wurden groß, und der Pelz von Tante Karin wurde alt und abgenutzt, und ihr krauses Haar wurde grau. Für die Kinder aber blieb sie immer die gleiche: »Karin Weihnachten«, die mit ihren vielen kleinen Paketen mit den lustigen Reimen darauf kam, und die mit ihren tausend und einer Geschichten, aber vor allem mit ihrer fröhlichen Laune Papa über seine Sorgen und Mama über ihre Müdigkeit hinweghalf und dazu noch alle kleinen Verdrießlichkeiten in der Küche meisterte. Sie hielt alles zusammen, etwa so, wie eine Schnur die Perlen zusammenhält. Ein Weihnachten ohne sie konnte man sich schon gar nicht mehr denken.

Man kann darum verstehen, daß eine große Bestürzung entstand, als am Tage vor Weihnachten ein Brief von Karin Weihnachten die Nachricht brachte, daß sie nicht kommen könne.

Eine kranke Verwandte, die weit weg wohnte und ganz einsam war, brauchte ihre Hilfe und hatte sie gerufen. Sie hatte packen und fortfahren müssen, ohne auch nur Zeit zu finden, vorher hereinzuschauen, um sich zu verabschieden. Der Brief war mit Bleistift im Zuge geschrieben.

»Kinder werden niemals erwachsen«, sagte die Mutter zum Vater, als Pelle, der am jüngsten war und noch ins Gymnasium ging, erklärte, daß es ohne die Karin unmöglich ein richtiges Weihnachten geben könne.

Lisa, schon eine große Dame und sogar Bankbeamtin, versuchte, ihn zu beruhigen. Und Tore, der Student an der Technischen Hochschule war, untersuchte ihn hinter den Ohren, ob er da trocken sei.

Aber Pelle ließ nicht nach. Und wie junge Gymnasiasten das manchmal zu tun pflegen, hielt er eine Rede. Er fuchtelte mit dem Löffel so herum, daß er Suppe auf Lisas Bluse verschüttete und gar nicht bemerkte, daß der Vater in jener beunruhigenden Weise hüstelte, wie er es öfters tat, bevor er ein häusliches Problem dadurch löste, daß er einfach aufstand und von dannen ging.

»Ihr versteht doch«, sagte Pelle und machte eine Geste mit dem Löffel, daß die Prismen der alten Hängelampe zu klirren anfingen. »Ihr versteht doch«, sagte er, »daß es nicht Karin an und für sich ist, die wir vermissen werden, sondern Karin in der Bedeutung ›Karin Weihnachten‹. Sie ist sozusagen der Inbegriff von Weihnachten geworden oder der Geist von Weihnachten ...«

»Weihnachtsmann wäre vielleicht richtiger«, versuchte Tore.

»Der Geist von Weihnachten, die Seele von Weihnachten«, setzte Pelle fort, »ich weiß nicht was alles von Weihnachten, aber jedenfalls – von *Weihnachten*! und ohne Karin geht es nicht. Denkt nur an Papa ...«

Der Papa hüstelte, und Lisa trat Pelle auf den Fuß. Die Mutter beugte sich über ihren Teller und löffelte eifrig die Suppe. Tore sah interessiert aus: Pelle war wohl albern, aber ängstlich war er nicht.

»Denkt nur an Papa! Wer wird ihn denn an Weihnachten zum Lachen bringen, wenn Tante Karin nicht da ist? Ich kann es jedenfalls nicht!«

Nein, du kannst es ganz bestimmt nicht, dachte Tore, du mit deinem »Ungenügend« im Deutschen!

»Und denkt an Mama! Wer wird sie in einen Sessel drükken im Salon, wenn nicht Tante Weihnachten? Du jedenfalls nicht, Lisa! Und denkt«, Pelle dämpfte dramatisch die Stimme, »*denkt* nur an die Neue in der Küche ...«

Papa, der sich schon halb erhoben hatte, setzte sich wieder hin. Es fing an, interessant zu werden. Er murmelte etwas in seinen Bart: »Wenn man vom Fuchs spricht ...«

Denn gerade in diesem Moment kam »der Fuchs« herein. Pelle hielt den Atem an. Man sah zuerst immer das Knallrote. Ihr Mund wirke wie ein Knallbonbon, hatte Tore gesagt, als er heimkam und sie erblickte. Dann sah man das kupferfarbene Haar. Dann die gerupften Augenbrauen. Dann die säulenhohen, schön bestrumpften Beine unter dem kürzesten und engsten aller Röcke. Und man hörte hohe Absätze auf dem Parkettboden klappern. Aus der Küche drangen gedämpfte Töne von einem Tango, und tatsächlich bewegten sich auch ihre Füße in einem gewissermaßen synkopierten Tempo zu der Musik.

Sie fegte um den Tisch mit der Gewandtheit einer Person, die gewöhnt ist, sich in Tanzrestaurants zu bewegen, und der saugende Blick, mit dem sie den Studenten umfing, als sie seinen Teller fortnahm, entging niemandem. Er glich der Flamme einer Schweißlampe.

Als sie draußen war, machte Pelle eine große Gebärde mit der Hand – diesmal ohne Löffel.

»*Die*«, sagte er, »das wird nun unser Weihnachten!«

In der Stille, die nun folgte, schien es fast, als könnte man hören, wie etwas zerriß. Vielleicht hatte bis dahin niemand so recht verstanden, was es doch wirklich bedeutete, daß Karin Weihnachten nicht kommen würde. Sie war die zerrissene Schnur, und sie fühlten sich jetzt alle wie herumkollernde Perlen, die sich nicht von allein aneinanderreihen konnten.

»Versteht Ihr jetzt«, sagte Pelle – er hatte ein Messer erwischt, und Lisa zog wohlweislich ihren lockigen Kopf außer Reichweite – »versteht Ihr jetzt, daß wir einen Weihnachtsgast haben *müssen*?«

»Wo willst du den finden?«

Sie fuhren alle zusammen. Es war der Papa, der sich geäußert hatte. Es geschah nur selten, daß er beim Essen etwas sagte, und wenn er es doch einmal tat, so sprach er meistens von Verdrießlichkeiten.

Jetzt sahen alle den Papa an. Sogar die Mama. Tore, der seine Anzüglichkeit geerbt hatte, sah, daß er jetzt nicht anzüglich war. Lisa, die seine Heftigkeit geerbt hatte, sah, daß er nicht heftig war. Aber Pelle, der seinen Verstand geerbt hatte (»das Ungenügend« im Deutschen kam nur von seiner Faulheit oder vielleicht noch eher vom Modellflugzeugbauen), begriff, daß der Papa wirklich ernsthaft über das Problem nachdachte. Und wie um die Richtigkeit seiner Folgerung zu bestätigen, wurde nun die Frage wiederholt:

»*Wo* willst du den finden?«

Jetzt wagte Mama sich mit einem Vorschlag hervor:

»Wir könnten ja Tante Ulla einladen!«

In einem Sturm von »nein« brach Mamas Hoffnung, der einsamen Freundin diese große Freude machen zu dürfen, zusammen. Und Lisa gab die allein entscheidende Antwort:

»Das würde niemals gehen, nicht mit *der in der Küche*.«

Jetzt war aber die Familiendebatte in Gang gekommen.

Vorschläge wurden gemacht und wieder verworfen. Papa vergaß die Geschäfte und Mama die Weihnachtsvorbereitungen. Beim Kaffee im Wohnzimmer hatte man immer noch nicht ausgeredet, und zum Schluß kollerten alle die Perlen wieder auseinander. Man trennte sich etwa in der Art, wie die großen Staatsmänner unserer Tage sich trennen, ohne eine Lösung der Weltprobleme gefunden zu haben.

Es war aber sonderbar, wie alles aus dem Geleise geraten war. Die sonst immer vor Weihnachten waltende Gemütlichkeit war verschwunden. Papa behauptete, daß jemand einen Brief, der mit der Post gekommen war, weggeräumt habe, und obgleich er ihn in seiner eigenen Brieftasche fand, schien er der Mama die Schuld zuschieben zu wollen, daß der Brief gerade dort gelandet war. Und Lisa bekam eine Absage von der Friseuse, und »Die in der Küche« machte einen Auftritt. Die Mutter und Pelle erörterten ohne Ende die Weihnachtsgastfrage. Und Tore ärgerte sich über den Flügel.

Sie hatten so bestimmt versprochen, daß der Flügel repariert sein würde, wenn er von der Technischen Hochschule wieder heimkam. Tore war ein tüchtiger Pianist, aber wenn drei Tasten zerbrochen waren, konnte man doch nicht Chopin spielen. Er versuchte, aber es ging nicht. Nein, es ging wahrhaftig nicht!

»Hoffnungslos«, murmelte er und steckte eine Zigarette an. Es war jetzt das dritte Weihnachten mit den immer noch nicht reparierten Tasten. Immer wieder hatten sie versprochen. Nun, die andern Jahre war es noch gegangen, denn da war Karin Weihnachten hier gewesen. Da ist sie nun schon wieder, diese Karin, dachte er. Aber nein, das war sie ja leider eben nicht! Es wäre doch aber zum Lachen, wenn sie nicht ein Weihnachten ohne Karin würden auskommen können. Er selbst würde jedenfalls das Fest mit Chopin feiern! Und er ging ans Telefon. Er schlug das Berufsverzeichnis auf. Klavierstimmer. Dies hier würde wohl an einem Nachmittag zu erledigen sein. Drei zerbrochene Tasten! An seinem Abiturientenfest war es geschehen. Es war etwas fröhlich hergegangen, und dann war das Notengestell heruntergefallen, und der elektrische Lampenhalter hatte das Elfenbein zerschlagen. Auf solchen Tasten konnte man keine Passagen spielen.

»Ja, hallo! Also nicht? Na, dann – danke!«

Die nächste Nummer. Ebenso. Und die nächste und wieder die nächste – hoffnungslos!

Die letzte Nummer. Es dauerte, bis die Antwort kam. Aber endlich kam sie. Langsam, wie aus weiter Ferne. Eine müde und verbrauchte Stimme. Wie eine verrostete Saite, dachte Tore.

»Nein, nein«, sagte die Stimme, »hab' mit dem Stimmen aufgehört ... ach so, es handelt sich nicht um Stimmen? Wie? Reparieren? Manchmal mache ich das wohl auch. Aber es gibt kein Elfenbein. Vielleicht aber doch! Warten Sie, ich will mal nachsehen! Vielleicht habe ich doch noch etwas da.« Es dauerte eine ganze Ewigkeit, bis die verrostete Stimme wieder da war. »Doch, wirklich! Ich fand wirklich etwas Elfenbein. Ja, für drei reicht es schon. Besorgen Sie mir nur, bitte, etwas Kaltleim. Werkzeug habe ich selbst. Ja, ich komme dann morgen.«

»Nein, heute abend nicht. Ich bin schon zu Bett gegangen. Das Rheuma, wissen Sie, dieses ewige Rheuma. Und dann diese Kälte! Nein, nein, ich komme schon lieber morgen! Gute Nacht!«

Am nächsten Vormittag kam er. Schon im Vorzimmer entschuldigte er sich unter vielen Verbeugungen. Man müsse sich doch etwas schön machen am Weihnachtsabend! Und beim Friseur hätte man anstehen müssen.

Es zeigte sich, daß es keine Kleinigkeit sei, drei zerbrochene Tasten zu reparieren. Die ganze Klaviatur mußte herausgezogen werden. Und das Unglück wollte, daß ein paar Hämmerchen dabei kaputt gingen, und die mußten ja zuerst geflickt werden. Als es endlich soweit war, daß das Elfenbein darankommen konnte, war schon der Vormittagskaffee fertig. Dieser pflegte sozusagen das Präludium zum Weihnachten zu sein. Dann kam der Vater vom Büro, und die Mutter nahm die Haushaltsschürze ab, und »die Neue« kam aus ihrer Kammer heraus, nach Siegellack duftend und mit dem Kopf voller Weihnachtsreime, und Pelle und Lisa waren mit dem Weihnachtsbaum fertig, und alles war lauter wonnige Erwartung. Jetzt war der ganze Salon eine einzige Instrumentenwerkstatt mit der riesigen Klaviatur auf dem Eßtisch und Werkzeugen überall. Der alte Klavierstimmer wurde natürlich unter vielen Sperenzchen seinerseits ins Wohnzimmer genötigt. Er war von einer altfränkischen Höflichkeit und Zierlichkeit, redete die Mama »Gnädigste« an und erzählte Geschichten, daß Papa sich selbst vergaß und genau so lachte wie in der guten alten Zeit mit Karin Weihnachten. Ja, es geschah sogar, daß man so lange sitzen blieb, bis »Die in der Küche«, die keinen Kaffee trank – in der vorigen Familie tranken »wir« nur Cocktail –, hereinkommen mußte, um die gnädige Frau um Hilfe bei etwas zu bitten, von dem sie »vergessen hatte, wie es sein sollte«.

Und dann verschwanden sie alle miteinander außer dem Klavierstimmer und seinem Handlanger Tore. Und die Zeit verging, und der Minutenzeiger durchlief Mal auf Mal seine Bahn auf der alten Standuhr. Lisa und Pelle beeilten sich mit dem Weihnachtsbaum. Tore versuchte den alten Klavierstimmer zur Eile anzutreiben. Aber dann wurde dieser nervös, und die Arbeit ging schlechter.

»Es soll nicht nur repariert werden, es muß auch schön aussehen, mein junger Herr.« Es wurde ohne Ende gemessen und gefeilt und abgeschliffen und poliert.

Mama kam heraus und flüsterte mit Tore. Aber Tore schüttelte nur den Kopf. Papa kam heraus und sah genau so aus, wie er es zu tun pflegte, wenn er nach einem Sündenbock suchte. Er fand die Mama. Und er erteilte seine Befehle.

»Sag jenem Herrn, daß er nach Weihnachten zurückkommen soll! Es ist ja schließlich Weihnachtsabend heute.«

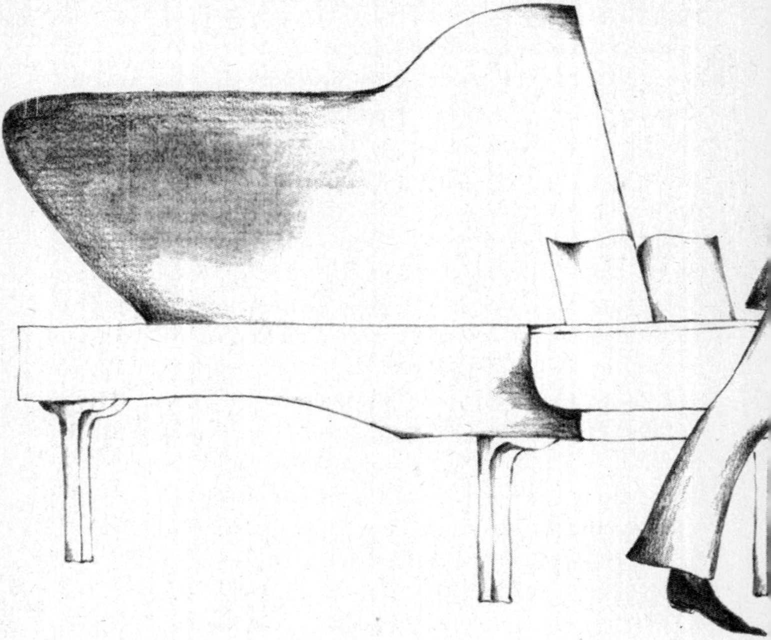

»Ich habe ihn nicht herbestellt«, sagte die Mama. Und dies war ja wahr gesprochen.

Sowohl der Papa wie die Mama hatten so laut geredet, daß der Klavierstimmer sie hätte hören müssen. Er hörte aber nichts, so wirkte es jedenfalls. Und mitten drin stand plötzlich die Knallrote in der Tür.

»Es ist serviert!« sagte sie. Es klang tatsächlich wie ein Knallbonbon.

Aber dann ging Pelle hoch.

»Nein, habt Ihr so was gehört?! ›Serviert‹ am Weihnachtsabend! Nur herein, Fräuleinchen, dann wird sie ein wahres Wort zu hören bekommen!«

Die Mutter hatte ein Gefühl wie vor einem nahenden Erdbeben. Aber das Knallbonbon ging nicht. Sie kam! Im Tanzrhythmus ging sie auf Pelle zu. Pelle gefiel ihr in der Tat am besten von allen im Hause. Und das war ein gutes Zeugnis für sie.

»War es etwas?« sagte sie.

»Jawohl«, sagte Pelle. »Ich weiß nicht, wo sie« – er sagte immer »sie« – »früher Weihnachten gefeiert hat. Aber wir haben nun mal so unsere eigenen Sitten. Bei uns geht man in Prozession!«

»In Prozession?«

»Jawohl, es wird nicht getanzt, sondern in Prozession gegangen! Es wird in Prozession in die Küche hinausgegangen, und sie wird vorangehen und uns führen. Und hinter ihr soll Karin Weihnachten gehen. Weil die aber nicht hier ist, soll unser neuer Weihnachtsgast, der Klavierstimmer, dann gehen. Und dann komme ich, der am jüngsten ist. Und dann kommt Lisa und dann Tore und dann Mama und dann Papa, denn er ist der Älteste. Und es soll gesungen werden: ›Jetzt ist wieder Weihnacht ...‹« *

Es wurde eine Weile still. Aber dann fingen alle zu lachen an. Es war tatsächlich der Papa, der anfing. Er konnte über alles lachen, was so richtig verrückt war in der Welt. Und daß Pelle, der Jüngste von ihnen allen, das Oberkommando übernahm und begann, Hausangestellte und Papas und Mamas und Geschwister zu kommandieren und einen Klavierstimmer als Weihnachtsgast einlud, das war verrückt. Und jetzt lachten alle mit. Alle außer dem Klavierstimmer. Er hob die ganze, schwere Klaviatur auf und schob sie auf ihren Platz. Stellte ein ebenholzschwarzes Querholz davor, schraubte ein paar Schrauben ein und fing an, seine Werkzeuge zusammenzusuchen.

Aber in diesem Moment packten ihn ein paar schmale Gymnasiastenhände und schoben ihn in eine Reihe hinter etwas hinein, das ihn mit einem Munde, der wie ein feuerroter Kreis war, anlächelte. Und dann stimmten sie an: »Jetzt ist wieder Weihnacht ...« und alles schwankte wie in einem Nebel, denn der Kneifer war von der Nase abgerutscht und baumelte an einer Schnur. Als er ihn aber endlich wieder auf der Nase hatte, stand er in einer Küche, die im Kerzenlicht schimmerte, mit Girlanden und Weihnachtsläufern geschmückt war und nach Weihnachtswürzenbrot und Schinken und gut gelagertem Käse duftete. Und er wurde an einen Tisch geführt, der wie ein Traum war, und er bekam einen Teller und eine Gabel und ein paar Würz-

* Es ist in Schweden eine alte Sitte, am Weihnachtsabend an festlich gedeckter Tafel in der Küche zu essen und ein besonders gewürztes Brot direkt in den Topf mit Brühe am Herd zu tunken.

brotscheiben in die Hand, und er wurde wieder umgedreht und stand dann an der Seite der Hausfrau an dem brodelnden »Tunketopf« und bekam sachverständigen Unterricht vom Gymnasiasten Pelle.

Und es wurde ein Weihnachten wie in der guten alten Zeit von Karin Weihnachten selbst. Alle wetteiferten, es dem alten Klavierstimmer recht gemütlich zu machen. Jeder fand ein Weihnachtsgeschenk für ihn. Der Vater legte einen Fünfzigkronenschein für ihn in einen Briefumschlag. Die Mutter fand etwas gute Unterwäsche. Tore und Lisa waren am Weihnachtskorb und machten sich dort mit den Weihnachtsnaschereien zu schaffen. Pelle suchte in seiner Bücherei, denn der Klavierstimmer hatte verstehen lassen, daß er gern Detektivromane lese.

Pelle las das Weihnachtsevangelium vor. Und der alte Klavierstimmer spielte mit ein wenig zitternden Händen den Weihnachtschoral.

Es gehörte zum Ritual, daß man eine Weile still sitzen blieb, bevor das fröhliche Verteilen der Weihnachtsgeschenke losgehen durfte.

Und wie es nun war, so fühlten sie alle, daß der Geist von Weihnachten die zerrissene Schnur wieder zusammengebunden hatte. Das Knallbonbon und der Klavierstimmer, Papa, Mama, Tore, Lisa, Pelle, alle vergaßen sie in dieser seligen Stunde den Alltag mit allem, was sie sonst trennen mochte. Und in ihren Herzen ertönte, bewußt oder unbewußt, die Hymne zum König der Weihnacht, die sie gerade gesungen hatten:

». . . wärmen,
nähern
aneinander,
die da wandern . . .«

Aber als der alte Klavierstimmer nach Hause gekommen und in sein kaltes Bett geschlüpft war, flüsterte er, bevor er in das Vergessen des Schlafes hineinglitt: »Wie wunderbar! Drei zerbrochene Tasten! Wunderbar!«

Sie hatten ihr Kind, die kleine dreijährige Margareta, mitgebracht, als sie zum Schlichtungsversuch beim Pfarrer vorsprachen.

»Aber, meine Lieben«, sagte der Pfarrer, »das Kind kann doch nicht dabei bleiben, wenn wir so traurige Dinge zu besprechen haben!«

»Ach was! Sie versteht ja nicht«, sagte die Mutter.

Der Pfarrer blickte von seinem Schreibzeug auf.

Sie saß da mit knallroten Lippen und dem Haar nach der letzten Mode gelegt. *Er* hatte sich eine Zeitung vom Tisch vor dem Sofa geholt. Jetzt schaute er von der Zeitung auf.

»Sie ist daran gewöhnt, daß wir uns streiten«, sagte er.

Die kleine Margareta sah ziemlich »dran gewöhnt« aus. Sie kletterte vom Schoß der Mutter herunter und ging zum Pfarrer. Er hatte eine Uhrkette, und das hatte der Papa nicht. Sie mußte mit der Uhrkette spielen. Der Pfarrer nahm sie auf den Schoß und ließ sie mit der Uhrkette spielen.

»Nun hört aber zu«, sagte der Pfarrer, »könntet Ihr nicht Euer Vorhaben noch ein bißchen aufschieben? Es ist bald Weihnachten. Wenn Ihr doch solch ein liebes Mädelchen habt, könntet Ihr wenigstens Weihnachten noch zusammen feiern, finde ich.«

»Es kann sowieso kein rechtes Weihnachten werden«, sagte sie. »Wir hätten uns schon längst entschließen sollen. Aber gestern abend wurde es uns ganz klar, daß es jetzt nimmer geht.«

»Was geschah denn gestern abend?« fragte der Pfarrer.

»Was geschah?« sagte die junge Frau und sah kampflustig aus. »Ja, das kann der Johann selbst erzählen!« Sie blickte herausfordernd zu ihrem Mann in der Sofaecke hinüber.

Der Mann rollte verlegen die Zeitung in der Hand.

»Es ist so dumm, daß es geradezu blödsinnig ist«, sagte er, »und zum Lachen ist's auch! Es kam alles nur von den bitteren Mandeln.«

»Von den bitteren Mandeln?« fragte der Pfarrer.

»Doch, gerade von den bitteren Mandeln! Ich vergaß, daß es bittere Mandeln sein sollten.«

»Man kann wohl schlimmere Dinge als das vergessen«, sagte der Pfarrer und wandte sich zur jungen Frau.

Das hätte er aber nicht sagen sollen.

»Dachte ich's mir doch, als wir hergingen, daß er einen Rückhalt finden würde«, sagte sie. »Aber ich werde erzählen, wie es war. Die Männer verstehen halt so was nicht. Gestern abend wollte ich Spritzgebäck machen. Ich hatte keinen anderen Abend, an dem ich Spritzgebäck backen konnte, und ich hatte dem Johann gesagt, daß er bittere Mandeln kaufen solle, wenn er von der Arbeit heimging. Und dann kommt er zurück mit *gewöhnlichen* Mandeln!«

»Na, *deswegen* wollt ihr euch aber wohl nicht scheiden lassen?« Der Pfarrer lächelte die junge Frau mit seinem allerfreundlichsten Lächeln an. Aber es war verlorene Liebesmühe.

»Deswegen«, sagte sie, »deswegen! Es ist so viel, daß es gar kein Ende hat!«

»Ach was, Kajsa«, sagte der Mann im Sofa, »du wirst doch nicht all das wieder durchkauen, was du heute nacht schwatztest?« Er wandte sich zum Pfarrer: »Glauben Sie es mir, Herr Pastor, wir haben kaum die Augen zugemacht heute nacht. Denn die ganze Nacht hat sie es mit den Bittermandeln gehabt! Ich tat ja alles, was ich konnte, um bittere Mandeln zu erwischen. Ich nahm das Motorrad und flitzte zum Geschäft zurück. Aber es war geschlossen. Ich fuhr zu anderen Geschäften. Überall geschlossen! Sonst murksen sie ja meistens mit den Weihnachtsauslagen herum. Aber nichts davon! Dann fuhr ich heim zu Muttern am anderen Ende der Stadt. Die hatte aber auch keine Bittermandeln. Ich flitzte umher und fragte bei den Arbeitskameraden an, ob ihre Frauen vielleicht bittere Mandeln daheim hätten. Aber wieder war es nichts! Und als ich heimkam ...«

»Ja, Herr Pfarrer, wann glauben Sie, daß er heimkam?«

Die junge Frau wandte sich aufgeregt zum Pfarrer. »*Wann*, glauben Sie, daß er heimkam, Herr Pastor?«

»Nun, das wird wohl so in den ersten Morgenstunden gewesen sein!« Der Pfarrer versuchte zu scherzen.

Aber Kajsa war nicht zum Scherzen aufgelegt.

»Die Uhr war acht! *Drei Stunden* war er fort und verlustierte sich, während ich da herumstehen konnte und händeringend auf die Bittermandeln wartete. Drei Stunden! Und was er in den drei Stunden getrieben hat, das möchte ich auch wissen!«

»Na, hör doch auf, Kajsa, ich hab' ja alles erzählt! Muttern hatte grade Kaffee gekocht und Krapfen gebacken, und

das mußt du wohl verstehen können, daß man nicht nein sagen will, wenn Muttern einem was Gutes vorsetzt, noch dazu so knapp vor Weihnachten! Und ich hatte ja auch eine Tüte mit nach Hause ...«

»Eine Tüte, sagt er, ja, eine Tüte war es schon! Aber die war voll gewesen, als er fuhr, und nur halb, als er heimkam!«

»Ja, ich sagte doch, daß ich von all den guten Sachen auch was abgegeben hatte! Als ich zu den Anderssons kam, saßen die grade beim Kaffee, und du weißt ja, wie es dort ist, ein Haufen Kinder und armselig und so. Und die Bamsen, die krochen mir um die Beine herum und wollten sehen, was ich in der Tüte hatte. Man kann doch wirklich Gören nicht nein sagen, die Krapfen mögen!«

»Ach so, nicht? Aber *ich und Margareta, wir konnten daheim sitzen und warten*!«

»Ich brachte doch aber die halbe Tüte mit nach Hause, und übrigens wolltest du ja nicht einen einzigen Krapfen von der Mutter eines solchen Kerls haben, wie ich es bin, sagtest du doch den ganzen Abend!«

Aber jetzt schlug der Pfarrer mit der Faust auf den Tisch, daß die Tinte schwappelte, und die kleine Margareta die Uhr fahrenließ und was anderes auch noch obendrein. Der Pfarrer fühlte, wie es so schön warm und feucht auf seinem Schoß wurde. Dies rief süße Erinnerungen wach, und er wurde mit einem Male wieder ruhig.

»Hört zu«, sagte er und streichelte das Haar der Kleinen, »könntet ihr mir nicht diese hier über Weihnachten leihen?«

»Meint er die Göre?« sagte Johann und legte die Zeitung weg.

»Ja gewiß«, sagte der Pfarrer.

»Daß er die Göre über Weihnachten zu sich nehmen will?«

»Ja, gewiß!«

»Kommt gar nicht in Frage«, sagte die Knallrote.

»Wieso«, sagte der Pfarrer, »Sie scheren sich offenbar weder um Mann noch um Kind oder Weihnachten!«

»Hat man je so was gehört?« sagte die junge Mutter. »Mir das Kind fortnehmen zu wollen ... und zu Weihnachten noch dazu!«

»Ja, wenn ich es richtig erfaßt habe, so ist solch ein Heim, wie ihr es habt, gar kein geeignetes Milieu für ein so kleines Kind.«

»Aber du liebe Zeit«, sagte die Frau, »*darum* grade bin ich ja hier, weil nämlich ...« – »Weil nämlich was?« Der Pfarrer machte ein sehr ernstes Gesicht.

»Weil nämlich er da drüben« – sie deutete auf ihren Mann im Sofa – »sich nicht dazu eignet, Ehemann oder Vater zu sein!«

»Weil er die bitteren Mandeln vergaß! Ich sitze grade und überlege es mir, inwiefern *Sie* sich dazu eignen, Ehefrau und Mutter zu sein.«

Die Knallrote erhob sich halb. »Wenn man mich beleidigt, so gehe ich davon!«

»Wohin?«

»Heim natürlich!«

»Welches Heim?«

»Meins . . . und . . . und . . . Margaretas.«

»Seins aber nicht?«

»Ich kam doch hierher, um ihn loszuwerden!«

»Und Margareta soll ihn auch loswerden? Ihren Vater loswerden? Um einiger bitterer Mandeln willen!« Eine gute Weile war nichts zu hören, nur Margareta plapperte vor sich hin. Der Pfarrer erhob sich und stellte sie auf den Boden.

»Hört zu, bleibt hier eine Weile sitzen und sprecht euch in aller Ruhe aus, während ich ein bißchen hinausgehe. Ich bin gleich wieder da.«

Der Pfarrer ging.

Die Pastorin war in der Küche beschäftigt.

»Hast du bittere Mandeln?«

Die Pastorin wandte sich um. Sie war eine von der Sorte, die alles sieht.

»Aber, lieber Freund, wie sehen deine Hosen aus?«

»Es ist jetzt nicht von Hosen die Rede«, sagte der Pfarrer. »Ich bitte dich, meine Frage zu beantworten: *hast du bittere Mandeln*?«

»Natürlich habe ich bittere Mandeln!«

»Hast du viele?«

»Grade so viele habe ich, wie ich für mein Spritzgebäck brauche.«

»Kann ich die haben?«

»Nein, das kannst du gewiß nicht! Ich will mit meinem Spritzgebäck morgen in aller Frühe anfangen.«

»Du kannst was anderes backen.«

»Das kann ich ganz und gar nicht! Das Spritzgebäck steht

auf meiner Weihnachtsliste für Morgen. Und es ist ja dein Lieblingsgebäck!«

»Ich mag kein Spritzgebäck mehr. Ich möchte lieber ...«

»Nun, was denn?«

Der Pfarrer suchte verzweifelt in seinem Gedächtnis unter all den Gebäcksorten.

»Finnische Stäbchen!«

Die Pastorin starrte ihn an: »Bist du närrisch geworden?«

»Ich bin immer ein Narr gewesen – in dich vernarrt! Das weißt du doch! Aber jetzt muß ich alle bitteren Mandeln haben, die du im Hause hast!«

»Was in aller Welt willst du damit anfangen?«

»Das ist mein Geheimnis. Weihnachtsgeheimnis und Beichtgeheimnis. Das Geheimnis aller Geheimnisse!«

Seine Frau seufzte. Sie zog ein Glasschublädchen heraus und gab dem Mann eine Tüte mit Mandeln.

»Ist es *sicher*, daß es bittere Mandeln sind?«

»So steht es auf der Tüte. Wenn du daran zweifelst, kannst du ja kosten!«

Der Pfarrer machte die zähe Cellophantüte auf und kostete. Es *waren* bittere Mandeln!

Als er in sein Empfangszimmer zurückkam, saß der Mann dort und las die Zeitung. Die Frau saß mit ihrer geöffneten Handtasche auf dem Schoß, sie hatte ein Spiegelchen in der einen Hand und einen Augenbrauenstift in der anderen. Margareta spielte mit einem kleinen indischen Elefanten, den der Pfarrer von einem Missionar bekommen und den sie auf irgendeine Weise erwischt hatte.

Der Pfarrer setzte sich wieder auf seinen Stuhl. Der Mann legte die Zeitung fort, und die Frau verstaute ihre Siebensachen in die Tasche und machte diese geräuschvoll zu.

»Ich denke, ihr habt jetzt ausgeredet«, sagte der Pfarrer.

»Wir haben kein Wort miteinander geredet«, sagte der Mann. Die Frau warf nur den Kopf zurück.

»Das war wohl das beste, was geschehen konnte«, sagte

der Pfarrer, »dann ist's seit gestern bedeutend ruhiger geworden, scheint's mir.«

»Und jetzt«, sagte der Pfarrer und legte das Tütchen mit den bitteren Mandeln auf den Tisch, »jetzt hab ich den Knoten durchhauen. Wißt ihr, was wir tun müssen? Wir machen einen Strich unter die ganzen letzten vierundzwanzig Stunden und fangen wieder grade dort an, wo wir gestern um diese Stunde standen. Die Uhr ist jetzt halb sechs, ungefähr soviel, wie sie gestern war, als Johann ohne die bitteren Mandeln nach Hause kam. Wenn er sie mitgebracht hätte, wäre nichts geschehen. Ihr hättet wie immer Kaffee getrunken und die Hausfrau hätte mit ihrem Spritzgebäck angefangen. Jetzt sind wir genau da, wo wir gestern waren. Die Uhr ist halb sechs. Ihr fahrt nach Hause – ich sah das Motorrad draußen stehen – Johann kocht den Kaffee – ihr habt hoffentlich noch Krapfen! – und die Frau fängt mit dem Backen an. Und die bitteren Mandeln, die sind hier ...«

»Ich hatte vor, zu Muttern zu radeln und dort zu nächtigen ...«

»Und ich ...«, sagte die Knallrote.

»... hatte etwas anderes Dummes machen wollen«, sagte der Pfarrer. »Nein, ihr beide, stellt jetzt nichts Dummes mehr an, denn dann behalte ich Margareta hier, und nachher könnt ihr ziehen, wohin ihr wollt.«

»Wir hatten doch auch so noch nicht fertig geredet«, sagte Johann. »Nicht wahr, Kajsa?«

»Eheleute haben nie miteinander fertig geredet«, sagte der Pfarrer. »Meine Frau wird mir heute Abend allerhand zu sagen haben, weil ich ihre bitteren Mandeln stibitzt habe ...«

»Die können wir doch gar nicht behalten«, sagte Frau Kajsa.

»Freilich könnt ihr das«, sagte der Pfarrer, »sie hat schon angefangen, finnische Stäbchen zu backen. Und nun schaut, daß ihr davonkommt! Ich habe auch Kaffeedurst! Und feiert nun ein fröhliches Weihnachtsfest mit eurer kleinen Margareta, ihr könnt ja nach Weihnachten wiederkommen, wenn ihr euch nicht einig bleiben könnt. Aber seht ihr, man *muß* manchmal *ein wenig* uneinig sein. Es ist genau dasselbe wie mit den bitteren Mandeln im Spritzgebäck. Und ich weiß nichts Besseres als Spritzgebäck!«

»Ja, der Johann, der sagt das auch.«

Der Pfarrer lächelte Frau Kajsa an, und sie lächelte aufs allerknallröteste zurück.

Margareta wollte sich nicht vom »Hellefanten« trennen.

»Lassen wir sie ihn behalten«, sagte der Pfarrer.

»Das ist zuviel«, sagte Johann. »Zuerst die bitteren Mandeln und dann auch noch der Elefant!«

»Ja, die bitteren Mandeln«, sagte Frau Kajsa, die offenbar eine hausfrauliche Ader besaß. »Es ist doch gar nicht in der Ordnung, daß wir die Frau Pastorin so berauben, finde ich.«

Plötzlich unterbrach sie sich. Sie gehörte auch zu jenen Frauen, die alles sehen.

»Aber du liebe Zeit, wie sehen die Hosen denn aus! Hat unsere Kleine das gemacht? *Was* wird die Frau Pastorin sagen?«

»Ach was«, sagte der Pfarrer. »Es wird wohl nicht so gefährlich sein. Ich glaube kaum, daß sie die *ganze* Nacht dazu brauchen wird!«

Er hörte, wie die beiden jungen Menschen draußen auf der Treppe lachten. Er hörte auch, wie das Motorrad startete. Und für dieses eine Mal klang es in seinen Ohren wie Musik.

Das Rindenränzel

Die Kate lag an einem steinigen Fußpfad, der in den Hochwald hinein, der Wärmlandsgrenze zu, führte. Altersgebeugt lag sie da auf einem Grund, der am ehesten einem Steinhaufen glich. Das Dach war mit Rasen gedeckt, und der Schornstein war stark am Verwittern.

Hier wohnt niemand, dachte ich und ging vorbei. Aber als ich den höchsten Punkt der Anhöhe erreicht hatte und mich umwandte, um die Aussicht über den See unten in der Talmulde zu genießen, sah ich eine dünne blaue Rauchsäule aus der Schornsteinöffnung in den windstillen Septembertag emporsteigen.

Wer mag wohl in solch einer armseligen Hütte wohnen, dachte ich, und mehr aus Instinkt als aus Überlegung kehrte ich um und ging wieder den Abhang hinunter.

An der einen Längswand war ein Vorplatz ohne Außentür. Dieser wurde offenbar sowohl als Holzschuppen wie als Vorratskammer gebraucht. Es gab kein Schloß an der Haustür, nur einen Drücker aus einer knorrigen Wacholderwurzel. Diese Tür hatte noch niemals abgeschlossen werden können.

Ich klopfte an, aber niemand antwortete, und ich trat ein.

Anscheinend konnte der Rauch von der offenen Feuerstelle nur mit Schwierigkeit den Weg durch die Schornsteinöffnung hinaus finden, sei es weil jene zu eng oder weil das Brennholz zu naß war. Knieend vor der niedrigen Feuerstätte lag ein alter Mann und schob mit zitterigen Händen einen rußigen eisernen Topf über die schwelenden Holzscheite. Mit einem hölzernen Löffel rührte er Mehl mit etwas Wasser an. Das Mehl verwahrte er in einer großen Dose aus Birkenrinde, die auf der Herdplatte stand. Aus einer kleineren Dose nahm er eine Prise Salz.

Es mochte noch lange dauern, bis der Topf ins Kochen kommen würde, und ich hatte nicht Zeit, so lange zu warten, fand ich.

»Guten Tag!«

Der Alte hatte offenbar nichts gehört.

Er ist taub, dachte ich und wiederholte meinen Gruß noch lauter. Der Alte wandte sich um.

Als er gewahr wurde, daß er Besuch bekommen hatte, nahm er den Topf vom Feuer. Dann schlurrte er auf den Knien zu der Tür hin, wo ich stand, hielt die Hand hinter dem rechten Ohr und hob mit der Erwartung eines Lauschenden sein Gesicht zu mir empor.

Ich wußte nicht, warum ich dort stand. Es war die pure Neugierde, die meine Schritte gelenkt hatte, und jetzt mußte ich etwas sagen.

»So, so, hier wohnen Sie also«, sagte ich.

»Doch, doch, hier wohne ich«, sagte der Alte.

»Und wie heißen Sie?«

»Wie ich heiße? Timan heiße ich. Anders Timan.«

»Und Sie rutschen auf den Knien, wie ich sehe.«

»Doch, doch, ich rutsche auf den Knien. Die Beine tragen mich nicht mehr.«

»Und Sie wohnen hier allein?«

Der Alte hielt immer noch die Hand hinter dem Ohr und blickte zu mir auf, zu antworten bereit, falls ich noch etwas wissen möchte. Mir schien die Lage sowohl dumm wie unmöglich, wie sie ja immer werden muß, wenn man neugierig ist. Aber der Alte wartete offenbar auf mehr Fragen.

»Und Sie kochen Brei, wie ich sehe.«

»Ja, ich koche Brei. Das tue ich. Ich koche Brei. Man muß essen, wenn man leben will.«

Immer weiter hielt der Alte die Hand hinter dem Ohr. Er hatte ein freundliches, fast kindliches Gesicht. Er sah sauber und ordentlich aus, und die ganze Kate war, trotz der außerordentlichen Dürftigkeit, sauber und ordentlich.

»Aber ist's nicht schwer, allein zu sein, wenn Sie nicht richtig gehen können und alles selbst machen müssen?«

»Nein, das ist nicht schwer. Ich danke Gott, solange ich auf meinen Knien rutschen kann. Ich dankte niemals Gott, solange ich noch auf meinen Beinen gehen konnte. Aber jetzt danke ich Ihm, weil ich auf meinen Knien rutschen kann.«

»Dann sind Sie wohl ein zufriedener und glücklicher Mensch?«

»Ja, das bin ich. Ich bin zufrieden und glücklich.«

»Aber Sie können doch nicht mehr arbeiten und sich selber ernähren?«

»Oh doch, das kann ich. Ich mache Ränzel aus Birkenrinde.«

Erst jetzt entdeckte ich, daß auf einem Tisch mit kurzgesägten Beinen ein Haufen Birkenrinde und einige Werkzeuge lagen. Der Alte schleppte sich auf den Knien zum Fenster hin. Er legte seine Arme auf den Tisch, und zusehends mit großer Mühe hob er sich auf einen Hocker hinauf. Ich sah, daß an den Knien seiner Lodenhosen grobe Lederstücke festgenäht waren. Die Lederstücke waren von dem Herumkriechen auf den Knien blankgerieben. Der Alte ergriff jetzt ein längliches Stück Birkenrinde und ein scharfes, krummes Messer. Mit sicherer Hand schnitt er gleichmäßige Streifen aus dem Rindenstück, nahm dann ein angefangenes Rindenränzel zur Hand und fing mit großer Kunstfertigkeit an, die Streifen ins Ränzel einzuflechten. Die Streifen waren so etwa zweiundeinhalb Zentimeter breit. Drei Streifen wurden übereinander gelegt. Der Ansatz, wo ein Streifen »aufhörte«, wurde so geschickt unter dem überkreuzenden Streifen verdeckt, daß es aussah, als wäre das ganze Ränzel aus meterlangen Streifen hergestellt.

»Wieviel bekommen Sie für solch ein Ränzel?«

»Zehn Kronen«, sagte der alte Timan.

»Und wie lange Zeit brauchen Sie, um so ein Ränzel zu machen?«

»Ich mache ein Ränzel in einer Woche.«

»Dann leben Sie von vierzig Kronen im Monat? Reicht das?«

»Das reicht.«

»Und Sie können auch alle Ränzel verkaufen, die Sie machen?«

»Doch, das kann ich. Der Hausfleißladen in der Stadt kauft alles, was ich mache.«

Ich fragte mich im stillen, für wieviel der Hausfleißladen wohl die Ränzel verkaufen mochte.

»Könnte ich Ihnen ein Ränzel abkaufen?« fragte ich.

»Das können Sie nicht«, sagte der Alte, »denn ich habe kein fertiges da. Aber wenn Sie am Samstag zurückkommen, können Sie dieses hier haben. Für zehn Kronen.«

»Am Samstag bin ich weit von hier.«

Der Alte sah bekümmert aus.

»Sie brauchen also ein Rindenränzel?«

»Nein, nicht unbedingt«, sagte ich.

»Ja, so ist's heutzutage«, sagte der Alte. »Jetzt braucht man keine Rindenränzel mehr. Aber früher, da wurden sie gebraucht. Jetzt hängen die Leute sie als Zierde an die Wand.«

In diesem Augenblick entdeckte ich, daß an der Wand über dem Bett des Alten ein sehr altes Rindenränzel hing. Es war abgenutzt und vor Alter dunkel geworden. Ich hätte es gern haben wollen.

»Dürfte ich vielleicht das Ränzel kaufen, das Sie dort an der Wand haben?« sagte ich. »Ich würde Ihnen zehn Kronen dafür geben.«

Der Alte sah mit einem Male ganz erschreckt aus. Der freundliche und kindliche Ausdruck verschwand aus seinem Gesicht. Er legte die Werkzeuge fort und schob seine Arbeit beiseite.

»Nein«, sagte er, und seine Stimme hatte einen ängstlichen Tonfall, als befürchte er, daß ich ihm das Ränzel fortnehmen wolle.

»Nein«, sagte er noch einmal. »Jenes Ränzel ist nicht zum Verkaufen. Das dürfen Sie mir nicht fortnehmen!«

»Ich will es Ihnen ganz gewiß nicht nehmen«, sagte ich.

»Ich fragte nur so. Ich dachte, daß Sie es vielleicht nötig hätten, es zu verkaufen, das, ebenso wie die anderen.«

»Dieses ist nicht wie die anderen«, sagte der Alte. »In diesem Ränzel trug ich einst mein letztes Kind fort.«

Der Alte seufzte, er legte die Ellbogen auf den Tisch und stützte den Kopf in beide Hände, als brauchte er eine Stütze für seine schweren Gedanken. So saß er da und wiegte den Kopf hin und her. Und dann fing er zu erzählen an.

»Es war die letzte Weihnacht, die sie erlebte, meine Frau, als unser letztes Kind zur Welt kam. Wir hatten elf vorher in der Kate, in dieser Kate. Arm waren wir, aber wir darbten nicht. Das Kind kam am Heiligen Abend. Und es war ein furchtbares Wetter. Der Schneesturm rüttelte an der Kate, als wollte er sie in die wilde Jagd mitreißen. Die Kinder waren eingeschlafen. Mir blieb keine Zeit, die Hebamme zu holen, bevor es schon soweit mit der Frau war. ›Du darfst mich nicht verlassen‹, sagte sie. ›Du darfst nicht. Ich bin früher auch allein fertig geworden. Aber dieses Mal darfst du mich nicht allein lassen.‹ Ich höre oft jene Worte in meiner Einsamkeit. Und dann ist's mir, als sei ich nicht so einsam. Aber es wurde eine so schwere Nacht. Erst in der grauen Morgendämmerung kam das Kind. Aber da war es auch zu Ende mit Mutter. – ›Ich kann nicht mehr‹, sagte sie, als ich den kleinen mageren Körper gewaschen hatte und das Kind zu ihr legen wollte. ›Du mußt zum Herrenhof fahren und bitten, daß sie das Kind dort aufnehmen. Du sollst die Kleine gut einwickeln und sie in das Rindenränzel legen. Hörst du, wickle sie gut ein! Und nimm die Skier. Aber wickle sie gut ein! Wickle sie gut . . .‹ Das waren die letzten Worte, die sie sagte. Dann starb sie, während die Kinder um mich herumstanden, alle elf, und das Morgenlicht in die kalte Stube hereinfiel.

Ich mußte das tun, was die Mutter gesagt hatte. Ich wikkelte das Kind ein und steckte es ins Rindenränzel. Es war kalt draußen, so kalt sogar, daß die Skier nicht einmal richtig rutschten. Und ich dachte, daß es wohl sterben würde, das

Kleine, daß es ja auch am besten für das Kind sei, wenn es sterben dürfe und mit der Mutter zusammen in den Himmel gehen. Ich konnte nicht glauben, daß es am Leben bleiben würde, bis ich zum Ziel gelangte.

Am Herrenhof kamen sie grade von der Weihnachtsfrühmesse zurück. Da waren viele Schlitten mit Glöckchen und schönen Spitzenüberwürfen. Und der Gutsherr selbst stand auf der Veranda in seinem Wolfspelz und scherzte, wie er es immer zu tun pflegte: ›Was hast du im Rindenränzel, Timan Anders, hast du einen Auerhahn geschossen? Jetzt mußt du aber mit hereinkommen und einen anständigen Weihnachtsschnaps trinken!‹ – Ich aber sagte: ›Das weiß doch der gnädige Herr, daß ich so was nicht gebrauche, das ist nichts für einen armen Häusler. Aber ich habe etwas anderes im Ränzel, etwas für die gnädige Frau.‹ Und jetzt kam die Frau vom Schlitten herauf, und sie war ein engelsguter Mensch, die gnädige Frau, und das mußte wohl die Mutter gewußt haben. Aber bestürzt sah sie schon aus, als sie das Kind erblickte und erfuhr, daß mein Weib gestorben war. Sie nahm das arme Würmchen in ihre Arme. Und, weiß Gott, es war wirklich noch Leben in ihm! Und ich erzählte, daß mein Weib mich gebeten hatte, es zum Herrenhof zu bringen, und daß ich es gut einwickeln möge. Gut einwikkeln! Das waren ihre letzten Worte. – ›Dann soll es Linda* heißen‹, sagte die gütige Frau, ›und wir wollen uns seiner annehmen. Ich will es wie ein eigenes Kind aufziehen.‹

Ja, und dabei blieb es. Ich fuhr mit dem leeren Ränzel zu meinen elf Bamsen daheim zurück. Aber wie viele Kinder man auch in die Welt setzt, so sitzt man doch zum Schluß allein da. Aber sie sind brave Kinder, und gut geht es ihnen auch. Manchmal schreiben sie nach Hause, und dann und wann schicken sie dem Alten ein paar Groschen. Aber nie mehr kommt eins von ihnen und besucht mich hier. Sie sind zu weit fort in der Welt. Die meisten in Amerika.«

»Und Linda?« fragte ich.

* *Linda* bedeutet auf Schwedisch *wickeln.*

Das Gesicht des Alten verklärt sich. Das Freundliche und Kindliche kam zurück, gleichsam wie man ein Licht in einer dunklen Stube anzündet.

»Ja, Linda!« sagte der Alte. »Sie ist mit dem neuen Gutsherrn verheiratet und hat viele Kinder. Manchmal schaut sie herein und plaudert mit dem alten Anders Timan. Und immer bringt sie etwas Gutes mit. Und sie soll das Rindenränzel erben, wenn ich gestorben bin. Das habe ich in meinem Testament geschrieben.«

»Findet sie es nicht seltsam, daß sie einst als Wickelkind in jenem Rindenränzel unterwegs gewesen ist?«

»Ich weiß nicht, ob sie eine Ahnung davon hat«, sagte der Alte. »Sie wurde adoptiert, und ich weiß nicht, was der alte Herr und seine Frau ihr erzählt haben. Ich habe niemals gefragt. Aber gut ist sie zum alten Anders Timan, wunderbar gut! Alle Weihnachten kommt sie in einem Schlitten hergefahren und bringt lauter schöne Dinge zum Essen und auch Weihnachtsgeschenke mit. Und alle Weihnachten verspreche ich ihr, daß sie das Rindenränzel erben soll, wenn ich einmal tot bin. ›Ist es denn wirklich so merkwürdig, jenes Rindenränzel?‹ fragt sie dann. – ›Jawohl‹, sage ich, es *ist* merkwürdig!‹«

Kari will nach Hause

Jetzt will ich dich weit fortbringen, zu einem Land mit Wäldern und Mooren und Bergen, das man die Finnmark nennt, weil Einwanderer aus Finnland dort vor vielen hundert Jahren Boden gerodet haben. Heutzutage können wir mit der Eisenbahn durch die großen Wälder dorthin reisen oder auch mit dem Auto über die großen Moore, wo breite Fahrstraßen angelegt worden sind. Aber zu der Zeit, als das sich ereignete, was ich jetzt erzählen will, gab es dort weder Fahrstraßen noch Eisenbahn. Weit war es zwischen den menschlichen Behausungen in der Einöde, und heute noch ist es so geblieben. Meistens lagen die Finnenhöfchen hoch oben am Südabhang eines Berges, und drollige Namen hatten diese Höfchen. Korpilampi und Noppimäki und dergleichen mehr. Und jetzt will ich dir erzählen, was um die Weihnachtszeit vor vielen Jahren dort oben geschah.

Ein Mädchen von Korpilampi war unten in der Ortschaft Magd geworden, und zwar bei keinem Geringeren als dem Pfarrer selbst. Sie hieß Kari. Damals gab es keine andere Möglichkeit für einen Finnenjungen oder ein Finnenmädchen, konfirmiert zu werden, als daß der Vater und die Mutter ihren Kindern unten in der Ortschaft Dienststellen verschafften, damit diese sich durch ihre eigene Arbeit versorgen konnten, während sie vorbereitet wurden. Als Kari nun zuerst ins Kirchdorf hinunter kam, war sie allem gegenüber, was neu und ungewohnt war, so scheu wie ein Tier des Waldes. Wie an jenem Samstagabend, als sie zum erstenmal das Vesperläuten hörte! Sie erschrak so sehr, daß sie in den Keller lief und sich dort versteckte. Und als sie das erste Mal den Pfarrer erblickte, erstarrte sie am ganzen Körper vor Schreck. Sie hatte noch nie eine Brille gesehen! Der Pfarrer verstand, daß sie Angst hatte, und nahm die Brille ab, aber dann schrie Kari laut. Und als sie das erste Mal in die Kirche gehen sollte, die groß und grau dalag, zwischen herbstliche, gelbe Birken gebettet, da sagte sie: »Kann man in den Berg dort hineingehen?« Im selben Augenblick fing es zu spielen an. »Hört«, sagte Kari, »da sind Wespen da drinnen im Berge!«

Aber mit der Zeit gewöhnte sich Kari sowohl an dieses wie an jenes. Sie lernte sogar das Lachen! Diese Kunst war in der kargen Finnmark unbekannt, wo man sich in harter Mühsal durchs Jahr kämpfte. Als es aber gegen Weihnachten ging und alle voller Freude mit den Festvorbereitungen anfingen, da wurde Kari wieder ernst. Sie mußte sich jetzt vom Morgen bis zum Abend abplacken. Von dem Konfirmationsunterricht hatten die Kinder jetzt Ferien, aber im Pfarrhaus gab es zu waschen und zu backen, zu schlachten und Wurst zu machen, zu säubern und zu putzen. Für ihre vierzehn Jahre war Kari ein tüchtiges Mädchen, und überall konnte sie zupacken, aber Tag für Tag wurde sie ernster, während die anderen um sie herum immer fröhlicher wurden. Astri, die älteste Tochter des Pfarrers, war gerade so alt wie Kari und ihre Mitkonfirmandin. Sie hatten sich allmählich gut angefreundet, obgleich Astri anfangs schon gefunden hatte, daß Kari recht sonderbar war. Astri hatte die Mutter gebeten, daß Kari während der Weihnachtsferien aus der Mägdestube ausziehen und oben bei ihr wohnen dürfe. Kari schlief meistens ein, sobald sie ins Bett gekommen war. Aber Astri pflegte das Licht noch brennen zu lassen und etwas zu lesen. Eines Abends jedoch, als Astri das Licht ausgelöscht hatte und schon am Einschlafen war, hörte sie, daß Kari wach war. – »Bist du wach, Kari?« fragte Astri.

»Ja, ich bin so bedrückt«, sagte Kari.

Bedrückt, das war eins von Karis vielen »sonderbaren« Worten, das sie oft gebrauchte.

»Weswegen bist du denn bedrückt?« fragte Astri.

»Das kann ich doch nicht sagen«, sagte Kari und seufzte.

»Aber ja, gewiß kannst du das!«

»Nein, nie und nimmer!«

Astri, die nicht recht wußte, wie das war, »unbedrückt« zu sein, gähnte und schlief ein.

Aber am nächsten Morgen kam eine blasse und müde kleine Kari zu der Arbeit herunter.

»Liebes Kind, wie siehst du denn aus?« sagte die Pastorin. »Geht es dir nicht gut?«

»Es geht mir schon gut, aber ich bin die ganze Nacht wachgelegen.«

»Wach bist du gelegen?«

»Ja, ich bin so bedrückt!«

»Warum bist du denn bedrückt?«

»Das kann ich doch nicht sagen.«

»Doch ja, das kannst du schon! Sag es mir!«

»Befiehlt die Fraue, daß ich es sage?«

Die Pastorin biß sich auf die Lippen – sie konnte der Kari nie beibringen, etwas anderes zu sagen als jenes wunderliche »die Fraue«.

»Ja, sag es«, bat sie.

Kari blickte zur Pastorin auf. Ihr Gesicht drückte niemals wechselnde Gefühle aus. Jetzt sagte sie ebenso ruhig, als ob sie erzählt hätte, daß sie einen Korb Brennholz oder einen Eimer Wasser hereingetragen habe: »Ich sehne mich nach meinem Heim, ich sehne mich nach meinem Vater und nach meiner Mutter, nach meiner Schwester Rankka und nach meinem Bruder Matti. Hier ist keine richtige Weihnacht. Hier gibt's keine Sauna und hier wird kein Stroh auf die Diele gebreitet, hier gibt's auch keine Feuerstelle, wo man Kohlenmännchen anzünden kann. Wie soll es hier Weihnachten werden können?«

Da stand nun die Pastorin ganz verblüfft. Sie hatte gedacht, daß es für die kleine Kari aus der Finnmark eine Weihnacht geben würde wie nie zuvor. Sie hatte gedacht, daß es eine himmlische Herrlichkeit für sie werden würde, all das mitzumachen, was man jetzt vorbereitete. Kari war ja noch nie in einer Weihnachtsfrühmesse gewesen, und nie zuvor hatte sie einen Weihnachtsbaum gesehen. Der einzige Christbaum, den man dort oben hatte, war einer am Zaunpfosten mit der Garbe für die Vögel. Und Weihnachtsgeschenke kannte man auch nicht in der Finnmark. Woher hätte man die bekommen sollen? Die einzige Unterhaltung waren die Kohlenmännchen, außer dem Weihnachtsstroh natürlich. Das Weihnachtsstroh, das wurde über die ganze Diele ausgebreitet, und man mußte hübsch Obacht auf die Funken vom offenen Feuer geben. Aber nur selten gab es Funken, denn in der Weihnachtszeit brannte man nur Kienholz, teeriges Trockenholz, das nicht sprühte, sondern nur still und klar leuchtete. Und als dieses Feuer heruntergebrannt war und nur noch ein Häuflein glühender Kohlen blieb, kam dann das große Weihnachtsspiel, die Kohlenmännchen. Dann versammelte sich die ganze Familie ums offene Feuer, der Vater, die Mutter, die Kinder und die Großeltern. Der Vater spaltete lange, schmale Kienspäne. Sie mußten alle gleich schmal und gleich lang sein, das war sehr wichtig. Aufs eine Ende steckte die Mutter dann eine Kartoffel, und das andere Ende wurde in den Gluthaufen gesteckt, alle Späne auf einmal – das war auch sehr wichtig! Und dann fingen die Späne Feuer und brannten so prächtig. Sieben lange Hölzchen, sieben lange, schmale Körper mit einem Kartoffelchen obendrauf als Kopf. Und jeder paßte aufmerksam auf, wie sein »Männchen« brannte. Es konnte lange dauern, bis ein Kohlenmännchen so weit heruntergebrannt war, daß es umkippte und die Kartoffel in die Asche rollte. Aber dann wußte man, wer zuerst sterben würde. Und es war beinahe etwas besonders Feines, zuerst zu sterben. Voller Begeisterung, selig vor Freude konnte der Matti den ganzen Abend rufen: »Matti stirbt zuerst! Matti stirbt zuerst!« Die Mutter weinte dann ein Tränchen, und die Alten seufzten. Aber der Vater glaubte nicht so recht daran, er hatte wohl gemerkt, daß es nicht ganz stimmte.

Aber nun sollte Kari beim Spiel mit den Kohlenmännchen nicht dabei sein dürfen. Ob die daheim in der Finnhütte dennoch auch für sie einen Span anzünden würden? Dieser Gedanke war es, der sie die ganze Nacht wachgehalten hatte.

Sie saßen nun beim Wurstmachen. Die Pastorin hantierte

mit dem Küchenmesser, Kari mahlte, und Astri stopfte. Lange, dralle Würste von allerlei Sorten entstanden, Fleischwurst, Kartoffelwurst, Grützwurst, Bregenwurst, Leberwurst und Lungenwurst.

»Singt Ihr nie ein Kirchenlied oder lest in der Bibel am Heiligen Abend?« fragte die Pastorin.

»Am Heiligabend doch nicht, die Fraue, nie und nimmer«, sagte Kari. »Dann spielen wir im Stroh und mit den Kohlenmännchen, und nachher essen wir, und dann schlafen wir. Aber vorher baden wir noch in der Sauna.«

»Aber bekommt Ihr denn während der ganzen Weihnachtszeit kein Gotteswort zu hören?« fragte die Pastorin.

»Kein Gotteswort? Was sagt nur die Fraue? Gewiß bekommen wir das Wort Gottes zu hören! Am ersten Weihnachtstag tun wir das. Dann weckt uns der Vater mit dem Glöckchen, und dann zündet er das Feuer am Herd an. Dann ist's kalt, die Fraue, so kalt, daß es aus dem Munde dampft, aber im Stroh ist's warm, und wir setzen uns auf und singen: Vom Himmel hoch, da komm ich her. Und dann lesen und singen wir den ganzen Tag, die Fraue, der Vater tut in der Bibel lesen, und wir singen, den ganzen Tag, nur nicht wenn wir essen und die Kühe und die Ziegen versorgen, natürlich. Ja, das Wort Gottes bekommen wir schon zu hören!«

Die Pastorin dachte, daß Kari das Wort Gottes so ausgiebig nicht einmal im Pfarrhof zu hören bekommen würde. Und deshalb sprach sie mit ihrem Mann von Karis Heimweh. Als er sich das angehört hatte, sagte er sogleich: »Laß sie fahren, Mutter, laß sie fahren! Aber sie muß sich am Tage vor dem Weihnachtsabend auf den Weg machen. An dem Tage fahren Finnenleute in diese Richtung hinauf. Wenn die sie beim Djupån absetzen, kann sie den Stromlauf entlang heim nach Korpilampi finden. Dann ist keine Gefahr, daß sie den Weg verlieren könnte, nicht einmal wenn sie in ein Schneegestöber hineingeraten würde.«

»Aber, mein Lieber«, sagte die Pastorin, »das Mädelchen

so in der Einöde sich selbst zu überlassen! Können wir das verantworten?«

»O ja«, sagte der Pfarrer, »denke daran, daß Finnenblut in ihren Adern fließt und daß sie eine Tochter des Waldes ist. Und Gottes Engel werden sie geleiten. Wir werden sie mit unseren Gebeten begleiten.«

Am Tage vor dem Weihnachtsabend wurde Kari, gut eingewickelt, in den Schlitten der Finnenleute gesteckt. Ihren Ledersack bekam sie mit, vollgepfropft mit reichhaltigen Kostproben aus den Weihnachtsvorräten des Pfarrhofs, darunter Fleischwurst, die sie selbst hatte stopfen dürfen. Zwanzig Kilometer durfte sie mitfahren. Schnell ging es nicht auf den ungebahnten Wegen vorwärts, frischer Schnee war gefallen, und die Winterfahrstraße war um diese Jahreszeit erbärmlich schlecht. Der kurze Tag begann in Abenddunkel

überzugehen, als man den Strom Djupån erreichte. Der Finne, der allein weiterfuhr, wandte sich ein paarmal um, dem kleinen Mädel nachzublicken, das im tiefen Schnee noch meilenweit würde wandern müssen. Hätte er doch nur ein Paar Skier für sie gehabt! Aber der Weg war ja nicht schwer zu finden.

Kari war nicht weit gewandert, als leichte Schneeflöckchen zu fallen begannen. Dichter und dichter fielen sie, größer und größer wurden sie. Es dunkelte rasch, und bald tobte der Sturm los. Wer es nicht erlebt hat, kann sich nicht vorstellen, wie der Schnee wächst, wenn ein Schneegestöber in der Finnmark ausbricht. Kari war kräftig und sehnig. Anfangs war es nur ein lustiges Spiel. Aber hier gab es schon vorher so viel mehr Schnee, als sie sich hätte träumen lassen können, und es waren nicht nur die Schneewehen, die da wuchsen und wuchsen. Schneebeladen gaben die Bäume nach. Sie neigten sich in Bögen, sie bauten Wände um sie herum, stellten ihr Gattertore in den Weg. Jeder Ast, den sie berührte, sandte eine Lawine herunter, die sie zu begraben drohte. Sie war wie ein kleines Würmchen, das schließlich nicht vom Flecke kommen konnte und nur noch kämpfte, um heraufzukommen, Luft zu schöpfen. Auf einmal sah sie, daß alles um sie herum Finsternis geworden war. Der kurze Tag war zu Ende. Die Nacht kam. Kari hörte zu kämpfen auf, und dann fühlte sie, daß sie müde war, sterbensmüde. Sie war durchnäßt von Schweiß und Schnee, und als sie nun stehen blieb, kam die Kälte und durchschauerte sie.

Aber dann wurde in ihr der Gedanke lebendig, daß sie nach Hause mußte. Sie durfte sich nicht verirren, sie durfte nicht ermüden. Zur linken Seite hörte sie das Brausen vom Djupån, noch war sie also auf der richtigen Fährte. Und von neuem fing sie im Dunkeln zu wandern an. Es war, als seien die Elemente in Raserei über das Würmchen geraten, das da der Majestät der Natur zu trotzen versuchte. Sie hob einen Ast hoch, und herunter stürzte eine Schneewehe, die sie beinahe erstickt hätte. Aber wieder erhob sie sich. Als sie nicht mehr die Beine zu heben vermochte, warf sie sich nach vorn über die Wehe und rollte darüber hinweg. Zum Schluß blieb sie aber doch liegen, sie mußte ein Weilchen ausruhen. Da fühlte sie, daß sie nahe daran war, vom Schrecken der Wildnis ergriffen zu werden. Sie hatte den Vater davon reden hören, wie der arme Mensch vor Schreck von Sinnen werden kann und dann nicht mehr weiß, was er tut. Dann ist der Tod nahe. Aber Kari Mattila wollte heim, heim zu Weihnachtsstroh und Kohlenmännchen, heim zu Vater und Mutter, zur Schwester Rankka und zum Bruder Matti. Und wenn sie heute nicht mehr nach Hause kommen könne, so würde sie halt morgen nach Hause kommen! Sie müsse dann eben im Walde übernachten! Deshalb lag sie still und ruhte eine Weile aus. Aber bevor die Kälte sie erstarren ließ, war sie wieder auf den Beinen. Im Dunkeln tastete sie sich vorwärts zu einer Tanne mit weit herabhängenden Ästen. Sie brach einen dürren Tannenzweig und grub eine Höhle unter der Tanne, dicht am Stamm. Dann brach sie Tannenreisig und machte ein Lager auf dem Boden zurecht, legte die Wände der kleinen Schneegrotte mit Tannenreisig aus, kroch hinein und schaufelte den Eingang hinter sich zu bis auf ein kleines Loch, das Luft durchließ. Dann setzte sie sich hin, den Rücken gegen die Tanne gelehnt. Jetzt erst fühlte Kari, wie hungrig sie war. Es durchlief sie vor Freude: sie hatte ja den ganzen Rucksack voller Essen! Mit eifrigen Händen befreite sie sich von ihm. Es war ja ganz dunkel, aber sie witterte den Duft vom Brot und von der Wurst, vom Sulz und vom Weihnachtsschinken. Kari war wie ein hungriges Tier. Aber mit einem Male besann sie sich: das sind doch die Weihnachtsgeschenke für die daheim! Wie dürfte ich das anrühren, was »die Fraue« für den Vater und die Mutter und die Geschwister zurechtgemacht hat? Was würden sie sagen, und was würde »die Fraue« sagen? Kari verschnürte den Sack und nahm ihn wieder auf den Rücken, dort wärmte er so schön. Dann lehnte sie sich gegen die Tanne, zog die Beine unter den Lederrock, deckte sich besser mit dem Tannenreisig zu, betete das Vaterunser und schlief ein.

Draußen heulte der Sturm. Die riesigen Bäume schaukelten und seufzten, wimmerten und jammerten. Der Schnee fiel in Massen herunter und wischte alle Spuren von Karis Wanderung den Strom entlang nach Korpilampi hinauf aus. Kari aber schlief in der Schneegrotte, schlief wie die Tiere des Waldes es tun, in einer Grube unter dem Schnee. Als sie erwachte, drang eine zarte Dämmerung durch die Wände der Schneegrotte. Kari fror nicht, spürte keinen Hunger, nur eine behagliche Ermattung im ganzen Körper. Sie versuchte sich zu bewegen, aber ihre Glieder waren wie gar nicht mehr vorhanden, und ihre Kleider waren steif wie gefrorene Rinde. Es wird wohl noch früh sein, dachte sie, ich habe Zeit, ein bißchen mehr zu schlafen. Sie schloß die Augen. Wie wonnig es war, auf dem Heimweg zu sein! Schon war sie halbwegs in ihren letzten Schlaf hineingeglitten, als sie jemand rufen hörte. War das nicht der Matti? »Kari!« rief es. »Kari!«

Kari mußte einen harten Kampf mit sich selbst kämpfen, um die Kraft, wieder zu erwachen, aufzubringen. Sie konnte jetzt kaum die Augen aufmachen, sie wollte rufen, aber die Stimme schien auch fort zu sein. Kari wurde von einer ungeheuren Angst ergriffen, es war die Todesangst. Sie sammelte alle ihre Kräfte, aber obgleich sie meinte, daß sie »Matti, Matti« laut schrie, so klang es nur, als wenn ein kleiner Vogel piepsen würde. Jetzt hörte sie Stimmen, die Stimmen vom Vater und von der Mutter, aber über ihnen allen die vom kleinen Matti. Jetzt verhallten sie – ach, sie träumte wohl nur! Man soll so etwas hören, bevor man sterben muß. Dann hörte sie ein Brausen, als ob die Erde zerbersten würde, und ein Licht kam und blendete sie. Kari schloß die Augen. Soviel Licht konnte kein Mensch ertragen! Jemand hob sie auf starken Armen auf. Jetzt starb sie! Die Engel kamen und holten sie.

In Mattilas Hütte hatten sie das Weihnachtsstroh auf den Boden gebreitet und das Kienholz hereingetragen. Jetzt waren sie in der Sauna. Der Vater, die Mutter, die alten Leute, Rankka, Klein-Matti. Rot und glänzend im Gesicht nach dem Herumhantieren mit den Birkenruten kamen sie wieder in die Hütte herein. Sie aßen den weihnachtlichen Reisbrei und schnitten von der Ziegenkeule zähe Scheiben herunter, die sie in Salz, das kostbarste Gewürz der Finnen, stippten. Draußen dämmerte es, und das Kienholzfeuer wurde angemacht. Dies war der feierlichste Augenblick des Jahres. Die Kinder spielten im Stroh, die Alten saßen mit ihren eisernen Pfeifen ums Feuer und rauchten. Sagten kaum ein Wort. Die Mutter dachte: Die Kari, die hat's heute Abend bei den Pfarrersleuten fein! Ich weiß noch, wie es war, als ich im Pfarrhaus zur Konfirmation vorbereitet wurde. Das war ein Christfest, so wie ich hoffe, daß es einst im Himmel werden möge, wenn unsereins dorthin kommen darf.

Als das Feuer heruntergebrannt war, sollten die Kohlenmännchen angezündet werden. Der Vater hatte die Kienspäne gespalten, für Kari auch einen. Die Mutter steckte die Kartoffeln dran. Es war ein kostspieliges Vergnügen. Eine Kartoffel war eine Gabe Gottes, die nur um die Weihnachtszeit beim Spielen geopfert werden durfte. Aber jetzt wurde plötzlich eine Erinnerung im kleinen Matti wach. »Kari«, sagte er, »Kari muß dabei sein! Wo ist die Kari?« Es wurde nur selten von denen geredet, die nicht daheim waren. Und der kleine Matti war ein Kind und vergaß schnell, aber jetzt erinnerte er sich. »Die Kari muß dabei sein!« sagte er. »Wo ist die Kari?« Die Schwester Rankka versuchte dem Matti gut zuzureden, aber er rief nur: »Die Kari muß dabei sein! Kari! Kari!«

Es wurde allen in der Hütte so seltsam zumute. Die alte Großmutter versuchte zu trösten: »Die Kari wird vielleicht bald kommen!« Matti ging zur Tür: »Matti will der Kari die Tür aufmachen!« Matti brachte die Tür auf, draußen war es noch Tag. »Kari!« rief Matti. »Kari! Kari!«

Da hörten sie alle einen schwachen Ruf wie von einem müden Vögelchen irgendwo im wilden Walde. »Matti!« sagte es. »Matti!« Die Mutter kam zuerst aus der Hütte heraus, der Vater gleich hinterher. Die alten Leute waren aufgestanden. Rankka war mit gefalteten Händen im Stroh in die Knie gefallen.

Nach einer langen Weile kam der Vater wieder herein. Er trug die Kari auf seinen Armen. Ein kleines totenbleiches, halb verhungertes und erfrorenes Finnenmädel mit einem schweren Rucksack auf dem Rücken. Sie hatten sie unter der großen Tanne nicht weit vom Gattertor gefunden. Sie hatten wie aus weiter Ferne ihren Ruf gehört und waren tief in den Wald hineingelaufen, bevor sie verstanden hatten, daß sie ganz nahe der Hütte war.

An jenem Abend vergaßen sie in der Finnhütte die Kohlenmännchen anzuzünden, sie sangen aber statt dessen Weihnachtschoräle.

Staffan der Pferdeknecht im Knabenchor

In einer Stadt gab es eine Domkirche, und in der Domkirche gab es einen Knabenchor, und in dem Knabenchor gab es einen Jungen, der Staffan hieß, und er war der jüngste von allen im Chor. Er war auch der Kleinste. Sein Vater war Fuhrwerksbesitzer und hatte Pferde im Stall, und somit bekam Staffan, wie man verstehen kann, den Namen »Staffan der Pferdeknecht«.

Staffan hatte eine wunderbare Stimme. Wie er zu ihr gekommen war, konnte niemand begreifen, denn seine Mutter konnte gar nicht singen, und sein Vater konnte nur einen Ton singen, und der war falsch.

Vielleicht hatte er vom Winde das Singen gelernt. Denn sein Heim lag östlich der Stadt, da gab es eine große Ebene, die hieß die Boländer, und dort wehte beständig der Wind.

Es rauschte in den Tannen, die als Windschutz gepflanzt waren, und es spielte in den Ritzen und Astlöchern von den Scheunen, wo man Heu und Hafer aufspeicherte, und den Schuppen, wo die vielen Fuhrwerke standen, und zuweilen gab dies ein Musizieren, wie es gar nicht zu schildern ist.

Vielleicht hatte er von den Vögeln das Singen gelernt. Denn in den Boländern gab es Vögel. Gleich nach Neujahr begann es mit dem Zwitschern der Kohlmeisen und der Dompfaffen und mit den Seidenschwänzchen, die daherkamen, um gefrorene Johannisbeeren zu fressen. Und im Vorfrühling kam der Star und saß in den hohen Pappeln am Zaun und sang, daß es bis an die Wurzel des Herzens ging, wie die Mutter sagte, und dann kamen die Lerchen, sobald die Äcker kahl geworden waren, und später noch die Schwalben, die ein und aus schossen, wo immer nur eine Tür oder ein Fensterladen offenstand.

Mitten in dieser rauschenden und singenden Herrlichkeit wuchs nun der kleine Staffan auf, und darum war es wohl gar kein Wunder, daß er das Singen lernte.

Schon als er in die erste Klasse ging, merkte die Lehrerin,

daß da ein kleiner Junge war, der besser sang als alle die anderen.

Und einmal erzählte sie in einer Lehrerversammlung dem Leiter des Knabenchors von ihm.

Eines Abends kamen die Lehrerin und der Chorleiter zum Fuhrwerksbesitzer Gustafsson in den Boländern hinausgewandert.

Ob wohl der Staffan drinnen sei?

Nein, drinnen sei er nicht, aber sicherlich draußen. Die Mutter begleitete »die Herrschaften« auf die Haustreppe hinaus.

»Gehen Sie nur zum Stall da drüben, dort wird er schon sein!«

Staffan war dabei, die Pferde zu tränken. Er stand bei der Pumpe und pumpte Wasser in den großen Bottich, und ringsherum standen vier prächtige Pferde und tranken.

Als die Pferde genug getrunken hatten, hoben sie den Kopf, schüttelten die lange Mähne, rieben sich gegeneinander und trabten dann gemächlich in den Stall, wo der Fuhrmann ihnen Heu und Hafer in die Krippen legte.

Als Staffan die Lehrerin und den fremden Herrn erblickte, wurde er ganz rot im Gesicht.

»Guten Tag, Staffan!« sagte die Lehrerin.

»Guten Tag«, sagte Staffan und wollte seine Mütze abnehmen. Aber er hatte keine Mütze, und statt dessen erwischte er seinen Schopf, denn er hatte solch einen großen, krausen Schopf.

»Möchtest du diesem Onkel was vorsingen?« fragte die Lehrerin.

Staffan sah sich den Onkel an. Er sah nicht gerade gefährlich aus. Er war so groß, ja, größer als der Vater, und er hatte freundliche, blaue Augen.

»Ja«, sagte Staffan.

»Dann singe!«

»Was soll ich singen?«

»Singe ›Staffan der Pferdeknecht‹!«

Und Staffan sang:

»Staffan war ein Pferdeknecht,
wir danken jetzt so gern.
Er tränkte seine Fohlen fünf
wohl für den hellen Stern.
Gar kein Tag ist noch zu seh'n,
die Sterne hoch in Himmelshöh'n,
sie glänzen.«

Staffan kam in den Knabenchor. Ei, das war ein Treiben unter all den vielen Jungen! Manchmal waren sie siebzig bis achtzig, die zu gleicher Zeit sangen. Manchmal waren nur einige wenige zum Üben da. Wenn die erwachsenen Jungen mitkamen, waren sie hundert.

»Ich verstehe nicht, woher der Junge die Musik hat«, sagte der Chorleiter, als er einmal den Fuhrwerksbesitzer Gustafsson am Marktplatz traf. »Nichts fällt ihm schwer. Er nimmt die Höhe leichter als irgendeiner der anderen Buben. Er singt die schwierigsten Passagen, als ob er sie schon kennen würde. Immer fällt er an der richtigen Stelle ein, es ist, als hätte er ein Uhrwerk im Kopf. Und seine Stimme ist klar wie Glas und Kristall.«

Das Nette war, daß von den anderen Jungen im Knabenchor niemand auf Staffan neidisch war. Er war so klein, und er begriff gar nicht, daß er was Besonderes war. Und wenn sie von den Übungsstunden nach Hause gehen sollten, gab es immer viele, die ihn ein Stück auf dem Weg begleiten wollten, denn er wohnte ja ganz am Ende der Stadt, wo es dunkel und ungemütlich war.

Als aber Staffan nicht weit von seinem Heim war, mußten die Kameraden umkehren. Denn bei Årby lag rechts von der Straße ein Häuschen, und in diesem Häuschen wohnte der beste Freund und Spielkamerad von Staffan. Es war dies ein kleiner Junge, der Åke hieß, und er war taubstumm. Åke war sechs Jahre alt, und im nächsten Jahr mußte er in eine Taubstummenschule, um dort sprechen zu lernen, denn das konnte man die Taubstummen lehren.

Staffan und Åke hatten zusammen gespielt, seit sie so klein waren, daß sie sich nicht einmal mehr daran erinnern konnten. Sie spielten im Sandhaufen, sie spielten mit Pferdchen aus Tannenzapfen. Und sie spielten mit Schiffchen im Årbybach, der unter der Brücke ganz nahe den Boländern dahinfloß. Im Winter aber spielten sie mit Bauklötzen und »Mecano«, und alles mögliche andere spielten sie dann auch: das Fuchs-und-Schaf-Spiel und Halma und Domino und was alles noch mehr.

Åkes Vater war Knecht beim Fuhrwerksbesitzer Gustafsson, und seine Mutter arbeitete meistens mit Waschen und Reinemachen außer dem Hause. Åke wurde sehr einsam, als Staffan in die Schule und in den Knabenchor kam. Jeden Abend aber, wenn der Knabenchor Übungsstunde gehabt hatte, wartete Åke auf Staffan. Und dann spielten sie, bis Staffan zum Abendbrot nach Hause mußte. Es geschah zuweilen, wenn Staffan nach Hause ging, daß er sang. Denn, wenn er mit Åke spielte, schwieg er. Kein Wort sagte er dann. Die Jungen sprachen durch Zeichen miteinander. Sie hatten ihre eigene Zeichensprache, die außer ihnen niemand verstand. Aber wenn Staffan dann nach Hause ging, mußte er singen. Manchmal sang er, was er im Knabenchor gelernt hatte. Miserere, Domine! Das bedeutete: Herr, erbarme Dich! Und er dachte dann an etwas, das er in der Schule gehört hatte, wie Jesus sich eines kleinen Jungen erbarmte, der taubstumm war. Jener Junge mußte bestimmt wie Åke ausgesehen haben. Ein seltsamer, ergreifender, klagender Gesang war es, der zuweilen an dunklen Herbstabenden auf der Straße zwischen Årby und Boländern erklang. Staffan blieb oft auf der Brücke stehen. Ein Echo ertönte unter der Brücke, wenn er sang. Er stand da und hielt sich am Brükkengeländer fest und stellte sich vor, daß es die Empore in der Domkirche sei. Und er rief sein Miserere zu Gott da hoch über den Sternen empor. Und sein kleines Herz schmerzte vom heißen Wunsch, daß der liebe Gott Åke helfen möge, so wie Jesus dem taubstummen Knaben geholfen

hatte. Er selbst hätte alles, was immer es sei, für seinen taubstummen Freund tun können.

Dann kam Weihnachten heran. Und der Knabenchor von der Domkirche gab ein Weihnachtsfest. Staffan hätte sich niemals träumen lassen, daß es etwas so Wunderbares gäbe. Im Gemeindesaal saß der ganze riesige Knabenchor an gedeckten Kaffeetafeln, und gesungen und gelacht und geschwatzt wurde dort. Und einer der Jungen kam als »Lucia«

verkleidet, und »ihr« folgten andere Jungen als Ehrenjungfrauen, und Staffan selbst war ein »Sternknabe« und sang das Solo in »Staffan war ein Pferdeknecht . . .« Zu allerletzt kam der Weihnachtsmann mit den Geschenken.

Jeder bekam nun der Reihe nach ein Paket. Bei den größten Buben fing es an, und als Letzter in der Reihe sollte Staffan sein Paket holen dürfen. Es gab keine großartigen Dinge, Mundharmonikas und Okarinas aber, und ein gewaltiges Spielen und Pfeifen ging nun an. Als aber Staffans Namen aufgerufen wurde, verstummte alles.

»Staffan, jetzt bist du an der Reihe!«

Der Chorleiter saß neben dem Weihnachtsmann, und zwischen den Tischen stiefelte der kleine Staffan nach vorn. In seiner blauen Bluse mit der weißen Krawatte stand er da, so winzig, daß sein Kopf kaum die Tischhöhe erreichte. Er bekam ein großes Paket, und schwer war es auch. Er reichte die Hand und machte einen Bückling.

»Mach jetzt dein Paket auf! Du mußt es hier aufmachen!«

Staffan dachte: Was mag es wohl sein? Und wie schwer es ist!

Endlich hatte er es vom Papier befreit. Alle die hundert Jungen stießen einen Jubelruf aus. Staffan hob ein hölzernes Pferd hoch, ein Dalekarlierpferd, rot bemalt und mit blauen Rosen drauf. Und in demselben Augenblick stimmte der ganze Knabenchor an:

»Staffan war ein Pferdeknecht, wir danken jetzt so gern ...«

Aber dann verstummten alle auf einmal.

»Sing, Staffan«, sagte der Chorleiter.

Aber Staffan konnte nicht.

Er nahm sein Dalekalierpferd in die Arme und lief zwischen den Tischen davon. Ins Vorzimmer hinaus. Mütze und Mantel an und auf die Straße hinaus! Es schneite und war naß und glitschig. Er aber lief, wie er noch nie in seinem ganzen Leben gelaufen war. Er lief über den Marktplatz, an Straßenbahnen und Autos vorbei, an Schaufenstern und Weihnachtsbäumen vorbei. Er kam hinaus, zwischen Fabriken und Lagerhäusern. Und endlich stand er vor einem kleinen Haus in Årby.

Ruhig und still lag es da, das Häuschen. Kein Weihnachtsbaum hier draußen, keine Schaufenster. Kein Gemeindesaal mit Kerzen und Lucia und hundert singenden Knaben und einem Weihnachtsmann. Aber in den Armen hatte er ein hölzernes Pferd, ein wunderbares, rotbemaltes Dalekalierpferd mit blauen Rosen drauf. Und er trat in das Häuschen ein, wo der Vater auf der Küchenbank lag und die Zeitung las, und die Mutter mit einem Korb Strümpfe saß und stopfte, und ein kleiner taubstummer Junge in einer Ecke mit Bauklötzen spielte.

Mit roten Wangen, heftig atmend, mit einem Schneepelz bedeckt, stand Staffan in der kleinen Stube. Åke hatte nicht gemerkt, daß er hereingekommen war.

Staffan ging zu ihm hin. Mit der einen Hand versteckte er das hölzerne Pferd hinter dem Rücken, mit der anderen berührte er leicht den Arm Åkes.

Åke kehrte sich um und stand auf. Er nickte »Guten Tag«, wie sie sich immer zuzunicken pflegten. Staffan deutete auf Åkes Augen und schloß seine eigenen. Åke verstand und machte die Augen zu. Dann legte Staffan das hölzerne Pferd in die Arme Åkes und lief davon.

Aber draußen vor dem Fenster blieb er stehen. Der Rollvorhang konnte nie ganz bis unten gezogen werden, weil Blumentöpfe hindernd im Wege standen. Und da stand nun Staffan und lugte hinein. Lange stand er da und guckte seinen Freund Åke an, sah, daß er dastand und das Pferd streichelte. Er beroch es, ja, er beleckte es sogar.

Dann wußte er, daß Åke sich über das Pferd freute. Und langsam ging er nach Hause. Auf der Årbybrücke blieb er stehen. Es schneite leise. Ringsum war es weiß. Aber der Bach war schwarz, schwärzer als schwarz. Keine Sterne glänzten jetzt am Himmel. Und er brauchte kein Miserere zu singen. Denn nun war Åke froh! Froh über das Pferd. Grade so froh, wie er selbst gewesen war, als er es bekam.

Bahnarbeiter Englunds Radio

Einst vor vielen Jahren wurde die Eisenbahn durchs Kirchspiel gezogen, und obgleich dies jetzt schon Jahrzehnte her war, lebte die Erinnerung an jene Zeit noch wie eine Schauermär fort. Deshalb wurde auch der Reichstagsbeschluß, daß die Eisenbahn umgebaut und umgeleitet werden solle, nicht gerade mit großer Begeisterung begrüßt. Und als dann das Abstecken vorüber war und die ersten Bahnarbeiter ankamen, fügte man sich nur mit größtem Unwillen der bitteren Notwendigkeit. Es war den Bahnarbeitern fast ein Ding der Unmöglichkeit, anständige Unterkünfte zu bekommen, es sei denn, daß die pure Not oder die Habgier den einen oder anderen dazu trieb, einem Bahnarbeiter irgendeine elende Kate oder eine kalte Mansardenbude zu vermieten. Einer von denen, die lange obdachlos blieben, war Englund. Er kam nicht allein, hatte ein Weib, eine blasse kränkliche Frau, und eine ganze Schar von Kindern im Alter von dreiundzwanzig bis drei Jahren. Die ältesten Jungen waren sogar arbeitslos. Wer möchte wohl solche Leute aufnehmen? Nun ja, der Jockus Emil tat es zum Schluß doch. Jockus Emil hatte draußen auf dem Felde eine Kate stehen, ein altes, verlassenes Höfchen, das gut zwanzig Jahre öde gestanden hatte. Dorthin führte kaum ein Pfad mehr, und arg heruntergekommen waren die Gebäude, grau von außen und muffig innen drin. Und teuer war die Miete, viel zu teuer für solch ein erbärmliches Haus, aber Englund war froh, ein Dach über dem Kopf zu bekommen und stiefelte dorthin mit seinem zerlumpten Gefolge von Kindern und Hausgerät. Aber es war keine Barmherzigkeit, die Jockus Emil bewog, an Bahnarbeiter Englund zu vermieten. Ich will dem Jockus Emil nichts Schlechtes nachsagen, aber leider kann ich auch nicht viel Gutes sagen, und wenn ich die reine Wahrheit sagen soll, so verhielt es sich mit Jockus Emil so, daß ihm auf dieser Welt nichts so wichtig war, wie daß er sich möglichst oft einen Rausch antrinken konnte. Bahnarbeiter pflegen

Ratenzahlungen sind, die Ihre Finanzen zerstören? Warten Sie, bis Sie besser gestellt sind, bis Sie sich's leisten können!«

Englund lächelte mich an, als wäre ich ein Kind, das nichts vom Leben verstünde. »Bis ich mir's leisten kann! Bis ich besser gestellt bin! Passen Sie auf, Herr Oberpfarrer! Leisten werde ich mir niemals was können. Aber gut gestellt bin ich immer. Hab' ich's etwa nicht gut? Ich bin kräftig und gesund, und ich habe Arbeit, und ich habe Schulden. Ich habe alles, was ein Mensch haben muß. Aber ein Radio habe ich nicht. Vorige Weihnachten hatte ich eins. Der Vertreter kam aber und nahm es zurück, als ich nach Weihnachten nicht zahlen konnte. Aber er durfte es gern haben. Nur, wissen Sie, Herr Oberpfarrer, Weihnachten ohne Radio, das möchte ich nicht mehr erleben müssen. Ja, ich selbst könnte wohl verzichten – aber die Kinder! Meinetwegen können Sie kommen und es wieder fortnehmen, wenn ich *nach* Weihnachten nicht zahlen kann, das wird eine spätere Frage sein, und man soll sich nicht um den nächsten Tag sorgen, am allerwenigsten, wenn man ein Bahnarbeiter ist. Aber *während* der Weihnachtstage müssen wir es haben, verstehen Sie, und ein feines Radio ist's, Herr Oberpfarrer, es kostet 450 Kronen netto oder brutto, oder wie es heißt. Und jetzt müssen Sie mir versprechen, Herr Oberpfarrer, daß Sie am Weihnachtsabend zu uns hereinschauen und sich's anhören, denn am Tag vorher wird es geliefert. Gelt, das versprechen Sie mir, Herr Oberpfarrer?« Ich mußte es versprechen. Bevor Englund mich verließ, hatte er aber noch ein Anliegen. Ob ich jemand wüßte, der Kleider abgeben könnte, denn wie ich ja wohl verstünde, reichten achtzehn Kronen nicht zu allem, was sein müßte. Ich mußte lächeln, und Englund lächelte mit. Und dann ging er. Aber es war wie ein Klingen um ihn, wie er ging.

Es kam ein großes Bündel Kleider für Englund zusammen. Die Menschen werden barmherzig vor Weihnachten. Aber eine von denjenigen, die am meisten gegeben hatten, kam am Tage vor dem Weihnachtsabend aufgeregt ins Amtszimmer des Oberpfarrers und hielt eine ganze Vorlesung über die mangelnde Menschenkenntnis der Geistlichkeit. Denn mit ihren eigenen Augen hätten sie und ihr Mann einen Monteur mit einem Radio in modernster Ausführung unter dem Arm auf dem Weg zu Englunds Häuschen gesehen. Es sei doch ganz einfach empörend! Ich versuchte es mit einem Hinweis darauf, daß der Mensch nicht von Brot allein lebe, aber verstand leider zu spät, daß das Zitat gerade für diese Ohren schlecht gewählt war. Die Kleider für Englund durfte ich immerhin behalten. Es war ohnehin nicht mehr, als daß es sich bequem auf einen Rennwolf verstauen ließ, als ich am Vormittag des Weihnachtsabends durch den Schnee zu Englunds Kate stapfte. Dort drinnen war nicht viel von Weihnachten zu sehen. Die Tapeten hingen zerrissen und mit großen Stockflecken von den Wänden herab. Keine Doppelfenster! Kein einziges richtiges Bett! Matratzen aus Sackleinwand mit Stroh gestopft in den Ecken! Keine Spur von Bettwäsche! Ein dünnes Mädel und zwei lichtscheue Burschen schlichen an mir vorbei, als ich eintrat. Die Frau stand am Herd. Es gab in solch einer Hütte nicht viel zu bestellen. Aber die Kinder strahlten, und Englund strahlte mit ihnen um die Wette. »Wir wollen hinaus und einen Weihnachtsbaum holen«, sagte er, »aber wir wollten warten, bis Sie hier gewesen wären, Herr Oberpfarrer. Und jetzt drehen wir an!« Ich hatte das Radio noch nicht gesehen. Aber auf dem einzigen Tisch in der kleinen Stube stand etwas mit einem grauen Überwurf drüber. »Jetzt lassen wir die Hülle fallen«, sagte Englund. Mit behutsamen Händen hob er den Überwurf auf, und jetzt strahlten seine und der Kinder Augen mit dem Radio um die Wette. Etwas so Blendendes war sicherlich noch nie in dieser Hütte gesehen worden. »Jetzt wollen wir hören!« Englund schraubte. Die kleine graue Hütte war mit einem Male von Gesang erfüllt.

»Oh, du fröhliche,
oh, du selige,
gnadenbringende Weihnachtszeit!«

Es war kein schwedischer Text, vielleicht auch nicht gerade dieser Vers, es kam von irgendwoher, aus Deutschland oder vielleicht aus Finnland? Aber ein *Weihnachtslied* war es! Und die Kinder sangen mit. Englund sang mit. Und jetzt war er kein Heide mehr. Er schien in dieser Stunde einem jener bärtigen Hirten zu gleichen, die im Sternenlicht zum Stroh der Krippe wandern. Sein Antlitz strahlte wie vom Widerschein der Madonnenglorie. Leise wurde die Tür aufgemacht, und drei traten ein. Nicht drei heilige Könige, aber drei verwilderte Kinder, ein dünnes Mägdlein und zwei lichtscheue Burschen. Es flog wie ein Schimmer über ihre farblosen Gesichter, wie ein Strahl des Lebens durchfuhr es die stillgewordene Frau. In diesem Augenblick aber schien Englund sich an etwas zu erinnern. Er zog mich mit in den Flur hinaus. Er wühlte in seiner Tasche und drückte mir dann etwas in die Hand. »Wir haben eine extra Weihnachtsspende bekommen«, sagte er, »und jetzt kann ich meine Schuld bezahlen.« Er sprach mit Flüsterstimme, als hätte er Angst, daß jemand ihn hören könnte. »Englund«, sagte ich, »behalten Sie die fünfzehn Kronen. Wenn nicht für was anderes, dann für die nächste Ratenzahlung!«

Vielleicht hatte Englund so etwas erwartet. Ich weiß es nicht. Aber Englund tat zwei Dinge, die ich niemals von ihm erwartet haben würde. Er umarmte mich und preßte mich so fest, als ob ich ein Kind gewesen wäre. Und dann ging er zu seiner Frau hinein. »Da«, sagte er und legte das Geld in ihre Hand. »Dies gibt dir der Oberpfarrer als Weihnachtsgeschenk!«

Eine Weihnachtsfahrt

Es gibt ein schönes Lied, das mit den Worten beginnt: »Nichts soll unsre Feierstunde stören«. An dieses Lied muß ich denken, wenn ich von der Weihnachtsfahrt aus Laxsjö erzählen will.

Jetzt denkt ihr, wenn ihr die Worte hört, daß es sich natürlich um eine Fahrt zur Weihnachtsmette handelt, vielleicht in einem Pferdeschlitten mit Schellengeläut; vielleicht hat jemand im Schlitten eine Fackel angezündet, und dann reiht sich noch ein Schlitten an und noch einer, und schließlich wird es eine ganze Schlittenpartie, und die Fahrt geht natürlich zur Weihnachtsmette, und wenn alle Schlitten vor der Kirche angekommen sind, dann wirft man die Fackeln auf einen Haufen vor dem Kirchentor, und es wird ein flammendes Weihnachtsfeuer, das seinen roten Schimmer über die weichen Schneewehen und die verschneiten Bäume breitet, wo tausend Eiskristalle funkeln. Und die Glocken läuten vom Turm, und wenn sie verstummen, braust der Choral in dem überfüllten Gotteshaus mit den weihnachtsfrohen Menschen.

Ja, das wäre eine richtige Weihnachtserzählung, denn so wollen wir Weihnachten haben.

Aber Weihnachten, ja, was ist Weihnachten eigentlich?

Weihnachten bedeutet, daß ein kleines Kind zur Erde kam und zu einem Mann heranwuchs, der als Losung über sein Leben gesetzt hatte: »Der Menschensohn ist nicht gekommen, daß er sich dienen lasse, sondern daß er diene und gebe sein Leben für viele.«

Und die Weihnachtsfahrt, von der ich erzählen will, ist eine Weihnachtsfahrt in diesem Zeichen, im Zeichen des Dienens.

Aber da muß ich von verschiedenen kleinen Heimen erzählen und wie diese Heime an einem Weihnachtsabend durch den schönen Willen, zu dienen, verknüpft wurden.

Wir beginnen hoch oben in der Ödmark. Wißt ihr, wo

Laxsjö liegt? Es liegt weit weg, acht Meilen von der nächsten Kirche. Ein einsamer Hof, eine halbe Meile bis zum nächsten Nachbarn. Kein Weg führt dorthin. Nur ein Pfad über Moore und Berge. Die Landstraße endet bei Rädåsen. Wenn die Leute aus Laxsjö nach Rädåsen kommen, finden sie, daß sie mitten in der Zivilisation sind, denn in Rädåsen liegen drei Häuschen. Aber die Leute dort haben zweiundeinehalbe Meile bis zum nächsten Dorf. Da gibt es eine Eisenbahnstation und von dort sind es fünf Meilen bis zum Kirchhof. Es gibt auch eine Landstraße, aber die ist noch weiter weg.

Nun, dort oben in Laxsjö liegt auf alle Fälle ein einziger Hof. Und hier sollte Weihnachten gefeiert werden. Man hatte einen Tannenbaum hereingebracht und einige Lichter aufgesteckt. Mutter Lina ging umher und räumte auf, denn es war lieber Besuch gekommen: die Tochter mit ihren beiden Kindern. Ihr Mann war zum Grenzschutz eingezogen und hatte keinen Weihnachtsurlaub erhalten. Jemand mußte ja in diesen unruhigen Zeiten die Grenzen bewachen. Alles war für das einfache Weihnachtsmahl bereitet. Der Schweinebraten duftete im Herde, der Reisbrei brodelte im Topf, und eine Kerze, eine einzige, stand auf dem Tisch angezündet. Der Vater saß im Lehnstuhl am Tisch. Er hatte ein reines Hemd angezogen und sah zufrieden aus. Die Tochter hatte das Kleinste an der Brust, damit es ruhig wäre während des Festmahls. Aber jetzt verlassen wir Laxsjö eine Weile und schauen uns Rädåsen an.

Der Waldhüter Dalén wohnt hoch oben auf dem Berg. Sein Häuschen liegt wie eine kleine Burg auf dem Gipfel. Er kann den ganzen Wald, den er bewachen soll, von seinem Haus aus sehen. Seine junge hübsche Frau ist eben damit beschäftigt, den Tisch zu decken. Sie ist in einer Haushaltungsschule gewesen und will alles sehr fein haben. Und ihre beiden jungen Nachbarinnen wollen auch nicht zurückstehen. Da wohnt der Pächter Köpman mit seiner großen Kinderschar, und dort der Waldarbeiter Karlsson, der Kommunist

ist und nicht an Gott glaubt; seine Frau hingegen ist gläubig, sie gehört zur Pfingstgemeinde oder hat wenigstens dazu gehört. Denn zur Pfingstgemeinde kann man ja nicht *allein* gehören, man muß eine Pfingstbewegung um sich haben, und eine solche Bewegung hatte Frau Karlsson in Rädåsen nicht ins Leben rufen können, obwohl sie es versucht hatte. Auch dort wimmelt es von Kindern. Die Leute in der Ödmark wissen es nicht anders, als daß man eine Menge Kinder haben muß, was ebenso erfreulich wie unruhig ist. Aber zu Weihnachten wird sogar der Kommunist Karlsson ein bißchen Christ, und wenn du diese Erzählung zu Ende gelesen hast, findest du vielleicht wie ich, daß er sich am christlichsten von allen benommen hat.

Ja, jetzt müssen wir einen großen Sprung machen, wir müssen wirklich Siebenmeilenstiefel anziehen, denn jetzt begeben wir uns ins Kirchdorf hinunter. Dort treffen wir den Doktor. Eigentlich gibt es zwei Ärzte im Dorf. Aber der, den wir jetzt besuchen wollen, ist pensioniert und sollte seine Ruhe genießen und auf seinen Lorbeeren ausruhen, wie es heißt. Aber wer Dr. Lukas kennt, weiß, daß Ausruhen gerade dasjenige ist, was er am allerwenigsten versteht. Ausgenommen an Weihnachten. Da wird's sogar bei Dr. Lukas still. Du solltest sehen, wie dort zum Weihnachtsmahl gedeckt ist mit schönem altem Silber, vielen Kerzen und den herrlichsten Speisen. Oben am einen Tischende sitzt der alte Doktor. Er, der sonst recht barsch sein kann, hält jetzt ein großes Gesangbuch in der Hand und liest den alten Weihnachtschoral: »Gelobet seist du, Jesus Christ, daß du Mensch geboren bist.« Du kannst dir nicht denken, wie schön er liest! Und rings um den Tisch sitzen eine Menge lieber Gäste, viele von weither gekommen. Einsame Menschen, die der gute Doktor und seine Frau aufgesammelt haben, um ihnen eine Weihnachtsfreude zu bereiten. Wenn dieser Doktor viel im Leben empfangen hat, so kann er auch viel geben. Und das ist auch ein Zeichen für einen rechten Christen.

Ja, nun begeben wir uns noch weiter ins Land hinunter. Da kommen wir in ein Landstädtchen, das ein richtiger Mittelpunkt für das ganze Landgebiet ist. In welches Haus wollen wir da hineinschauen? Vielleicht wählen wir das Heim eines Chauffeurs. Der Chauffeur ist einer der größten Wohltäter der Menschheit. Sie sind zwar merkwürdige Leute, die Chauffeure. Später wird man es vielleicht für ein Märchen halten, daß es einmal Menschen gegeben hat, die so völlig dienst- und hilfsbereit gewesen sind. Denkt nur an den Chauffeur eines Autobusses auf einem Einödweg! Er hat tausend Dinge zu verrichten. Er läuft in die Läden des Städtchens und verschafft den alten Waldbewohnern Kautabak und den Kindern Bonbons und den Frauen Garn und Bänder und Brusttropfen.

Chauffeur Hedin fährt den Krankenwagen. Er muß Tag und Nacht bereit sein, auf den schwierigsten Wegen und bei schlimmstem Wetter zu fahren. Aber am Weihnachtsabend ist es noch nie vorgekommen, daß er behelligt worden ist. Nein, da hat man ihn immer in Frieden gelassen, und er hatte gehofft, daß es diese Weihnachten ebenso sein würde. Und das hatte seine Frau Marie auch innig gehofft. Sie hätte gar nicht mit einem Krankenwagenchauffeur verheiratet sein dürfen, denn die Arme ist sehr unruhig und nervös. Doch das ist wahrlich kein Wunder: Sie schläft in ihrem Bett in der kleinen Schlafstube. Auf der einen Seite befindet sich Hedins Bett und auf der andern das der kleinen Lisbeth. Und neben Hedins Bett ist ein Nachttisch, auf dem das Telefon steht. Und es klingelt oft mitten in der Nacht. Frau Hedin kann nicht begreifen, warum die Leute immer des Nachts krank werden. Dann muß ihr lieber Mann aufstehen und hinaus, und er fährt oft so schrecklich schnell, daß die Leute zur Seite fliegen, wie der Schnee vor einem Motorpflug. Nein, Frau Hedin möchte, daß ihr Mann etwas anderes wäre. Sie wird so nervös von der ständigen Unruhe. Selbst dann, als sie das Weihnachtsessen zubereiten soll, ist sie unruhig. Vom Glockenturm hat es schon geläutet. Die große Glocke, die man in drei Nachbardörfern hört, hat Weihnachten eingeläutet. Hedin sitzt in Hemdsärmeln an dem kleinen offenen Herd, in der Halle, die zwar klein, aber gemütlich ist. Er hat sich sein eigenes Haus gebaut, er ist ein tüchtiger Kerl. Das meiste hat er in seinen Freistunden zwischen den Fahrten selbst gemacht. Jetzt spielt er mit dem Kleinsten, der auf seinen Knien sitzt. Die andern hängen an den Röcken der Mutter. Auch davon wird sie nervös, die arme kleine Frau Hedin. Sie hätte vielleicht nicht Mutter werden sollen, sie hätte vielleicht am besten weiter an ihre Schreibmaschine in dem großen Krankenhausbüro gepaßt. Aber Hedin hatte so entzückende Locken, und ihm gefiel alles an ihr, ausgenommen ihre Schwäche für Zigaretten. Aber jetzt halfen nicht einmal mehr Zigaretten gegen ihre Nervosität. »Die Rangen sind am schlimmsten, sie sind wie Ameisen«, pflegte Frau Hedin zu sagen.

Hedin ist dagegen die große Ruhe. Und wie er jetzt aufsteht, an den Herd geht, seinen Arm um die Frau legt und sie an sich zieht, da vergißt sie für einen Augenblick ihre Unruhe. Sie schließt ihre Augen und küßt ihn, genau wie sie es im Film tun. Im Kino hat sie wohl die Kunst gelernt...

Da läutet das Telefon ...

Ja, wo soll ich jetzt fortfahren? Ich habe richtige Angst, weiter zu schreiben. Ich zittere vor aller Unruhe, die ich anrichten muß. Aber wir müssen wohl am Anfang beginnen, oben in Laxsjö. Dort hat es tatsächlich angefangen. Mutter Lina hatte gerade den Schinken aus der Pfanne genommen und auf eine große Schüssel gelegt und war auf dem Wege zum Tisch, als sie plötzlich alles fallen ließ und aufschrie. Die Schüssel ging in tausend Stücke, und der Schinken klatschte auf die Korkmatte, daß das Fett nach allen Seiten spritzte. Ein heißer Fettspritzer traf den kleinen Mats, der an seiner Mutter Brust lag, so daß er aufschrie. Vater stand vom Sofa auf.

»Was in aller Welt ist mit dir los, Mutter?« Mutter Lina

schrie noch einmal auf. Dann sank sie auf den Fußboden und wand sich wie in Krämpfen. Die Tochter legte das Kind in den Spankorb und lief zur Mutter. Sie hatte nicht einmal Zeit, ihre Bluse zuzuknöpfen. Sie half Vater, die Mutter ins Bett zu tragen, wo sie stöhnend liegen blieb. Mutter Lina rollte die Augen, sah wild um sich und schrie wieder. Der Schweiß trat ihr auf die Stirn, ihr schwarzes Haar, das grau zu werden begann, klebte ihr an den Schläfen.

»Was ist, Mutter? Du stirbst uns doch nicht etwa?«

Die Tochter fiel neben dem Bett auf die Knie und nahm die Hand der Mutter, sie war eiskalt. Die Tochter holte schleunigst eine Decke und legte sie über die Mutter. Fragend schaute sie zum Vater auf, der sich still und bekümmert über seine Frau beugte.

»Was fehlt ihr, Vater?«

Der Alte schüttelte den Kopf.

»Ich weiß nicht, es sieht aus wie Darmverschlingung. Ich habe etwas Ähnliches einmal bei einer Frau gesehen, sie ist daran gestorben.«

Er sagte es tonlos und still, als wäre er schon darauf vorbereitet, daß das Gleiche hier geschehen müsse.

Die Tochter fuhr in wildem Schreck in die Höhe.

»Wir müssen ihr helfen. Wir müssen den Doktor holen, wir müssen sie ins Krankenhaus bringen.«

Linas Mann war etwa zwanzig Jahre älter als seine Frau, er hätte fast ihr Vater sein können. Aber die Wildmarksbewohner haben kaum ein Alter. Er war ein sehniger und starker Mann, zäh wie eine Bergbirke, und die Frau war von der gleichen Art. Aber Darmverschlingung kann jeden umbringen.

Mutter Linas Schmerzen hörten für eine Weile auf. Ihr tat plötzlich der gute Schinken leid, der auf dem Fußboden lag, und die zerbrochene Schüssel. Es war die beste, die sie im Hause hatten. Mutter Lina hatte sie auf einem Verwalterhof, wo sie in ihrer Jugend gedient hatte, als Geschenk erhalten. Sie bat die Tochter, alles in Ordnung zu bringen

und den Fußboden sauber zu machen. Ja, sie war nahe daran, selbst aufzustehen, als plötzlich die Schmerzen wieder einsetzten, diesmal viel schlimmer als das erstemal. Aber jetzt schrie Mutter Lina nicht, jetzt war sie bereit. Sie biß die Zähne zusammen und ließ es weh tun. Aber der Mann sah, wie ihr der Schweiß auf die Stirn trat. Nach einer Weile war sie völlig durchnäßt.

»Mich friert«, keuchte sie.

Die Tochter wärmte ein Fell am Herde und breitete es über die Mutter.

Der Mann stand am Telefon. Es gab einen Menschen, von dem die Wildmarksleute wußten, daß man sich immer an

ihn wenden konnte, und das war Doktor Lukas.

Doktor Lukas war gerade an den 2. Vers des alten Weihnachtschorals gekommen:

»Des ew'gen Vaters einig Kind
jetzt man in der Krippe find',
in unser armes Fleisch und Blut . . .

Da läutete das Telefon.

Die Doktorin, die an alles zu denken pflegte, flüsterte bei sich: Daß ich doch vergessen habe, den Hörer abzunehmen. In ihrer langen Ehe, wo es nur einen Rivalen, den Beruf ihres Mannes, gab, war es immer so gewesen bisher, daß sie den Hörer abgelegt hatte, wenn er den Weihnachtschoral las. Das war die einzige Stunde im Jahr, in der niemand stören durfte.

Doktor Lukas sah auf: Er begegnete den Augen seiner Frau. Es lag wie eine Bitte in diesen Augen: »Können wir nicht diesen einen Augenblick Ruhe haben? ... Aber wie immer: Der Beruf geht vor.« Der Doktor ging ans Telefon. Die Doktorin saß ergeben da und zupfte mit den Fingern an ihrer kleinen Spitzenschürze.

»Hallo ... wie bitte ... Laxsjö ... Darmverschlingung ... o nein, Olsson ... so gefährlich wird's nicht sein, sie hat wohl nur zu viel Weihnachtsessen gegessen ... wie bitte ... ach so ... die Schmerzen sind gekommen ... sie schwitzt ... friert ... ja, ja. Da müßt ihr sie nach Rädåsen schaffen, schlimmstenfalls tragen. Aber packt sie gut ein. Ja, ich komme mit dem Krankenwagen. Doch ... zehn und eine halbe Meile. Wie lange ... ja, ja wir kommen, sobald es geht. Sie soll in ein Kissen beißen. Haltet sie nur warm. Ja, ich komme, ich komme.«

»Aber lieber Doktor« ...

Ein ganzer Chor von Protesten schallte Doktor Lukas entgegen, als er sich umdrehte. Die einzige, die schwieg, war die Doktorin. Sie war selbst Krankenschwester gewesen und verstand ihren Mann. Er rief den Chauffeur an.

Frau Hedin zitterte mitten im Kuß, als das Telefon klingelte. Hedin wollte hingehen, aber sie ließ ihn nicht los.

»Du darfst nicht, du darfst nicht«, rief sie und dann küßte sie ihn wieder.

Hedin versuchte sich loszureißen. Aber die Frau, die ihn festhielt, war stark. Er mußte sich freikämpfen, ergriff mit der einen Hand das Telefon. Seine Frau legte die Hand auf seinen Mund und rief in den Hörer:

»Seid ihr verrückt, wollt ihr ihn mir am Weihnachtsabend fortholen? Er kann nicht, er darf nicht.«

»Jetzt ist *sie* wieder in Fahrt«, sagte Doktor Lukas am anderen Ende des Drahtes. »Ja, der arme Hedin, der Kerl wußte auch nicht, was er sich für 'ne Frau nahm.«

Nach einer Weile hörte man Hedins Stimme im Telefon. Aber man konnte auch hören, wie jemand schluchzte und weinte.

Der Doktor gab Instruktionen. Und Hedin antwortete ruhig und sicher wie immer.

»Ja, Herr Doktor, ich bin in zwanzig Minuten bei Ihnen.«

Der Doktor ging wieder an den Tisch und setzte sich in seinen Stuhl.

»Wir haben noch Zeit, den Choral zu Ende zu lesen«, sagte er.

Diejenigen, die an diesem Abend den alten Weihnachtschoral hörten, konnten nie den feierlichen Klang in der Stimme des Doktors vergessen, als er nun las:

»Das hat er alles uns getan,
sein groß' Lieb zu zeigen an;
des freu' sich alle Christenheit
und dank ihm des in Ewigkeit, Kyrieleis.«

Der Doktor hatte wenigstens das halbe Festmahl beendet, als der Chauffeur draußen hupte. Er verbeugte sich vor seinen Gästen, drückte seiner Frau die Hand. Zog den kurzen Pelz an. Seine Arzttasche stand immer gepackt. Aber er erhielt auch eine Tüte für den Chauffeur von seiner immer fürsorglichen Doktorin – vielleicht hatte Hedin keine Zeit gehabt, etwas zu essen. Als sie in den Finnenwald hinauf kamen, nahm der Doktor selbst das Steuerrad und zwang Hedin, die Butterbrote zu verzehren. Aber während dann der Doktor auf seinem Sitz einschlief, fuhr Hedin auf dem Skinnbrokmoor in die Irre. Er war noch nie zuvor in Rädåsen gewesen.

Der Waldhüter Dalén hatte sich gerade an den Weihnachtstisch gesetzt, als Linas Mann von Laxsjö aus anrief.

»Das ist sicher wieder der Mård«, brummte er, »ich glaube, ich antworte nicht.«

Mård war der Verwalter und der war ständig in Unruhe wegen der Wilddiebe. Besonders an den Festtagen pflegten ja die Wilderer die Gelegenheit wahrzunehmen. Und Mård hatte eine merkwürdige Witterung. Zwei Weihnachten hintereinander hatte nun Mård mitten in der Festfreude angerufen und Dalén den Befehl gegeben, sich auf Wilddiebjagd zu begeben. »Nein, jetzt laß ich den Mård klingeln«, sagte Dalén und schnitt sich eine dicke Scheibe von dem Würzbrot ab.

Es klingelte wieder. Und noch einmal. Dalén lachte.

»Ja, klingele nur, du Waldplage. Weihnachten geh ich nicht aus meinem Haus.«

Es klingelte wieder, ganz lange. Da ging Dalén hin und legte den Hörer ab, aber man hörte, daß es noch immer darin surrte. Die Frau begann unruhig zu werden.

»Laß ihn klingeln«, sagte Dalén.

»Aber es kann ja auch jemand anders sein«, sagte die Frau.

»Wer kann es sein außer Mård, der am Weihnachtsabend anruft«, brummte Dalén. Aber auch seine gute Laune war vergangen. Er stand verärgert auf und nahm den Hörer ab. Es wäre unrecht zu sagen, daß sein Hallo gerade freundlich klang.

Aber dann wandte er sich bestürzt seiner Frau zu.

»Lina in Laxsjö ist krank geworden, Darmverschlingung. Und Doktor Lukas ist mit dem Krankenwagen unterwegs. Wir müssen Lina herschaffen.«

Die junge und hübsche Frau Dalén schaute sich im Zimmer um. Ihr Heim war wie ein Prinzessinnenschloß. Ich habe keine Zeit, zu beschreiben, wie fein es war. Aber alles, was man in einer Haushaltungsschule lernen und in der »Hausmutterzeitschrift« lesen kann, wie ein Weihnachtszimmer sein soll, war hier zu finden.

Dalén ging einige Schritte durchs Zimmer. Seine grüne Forstuniform war schön anzusehen, und die Stiefel hatte seine ordentliche Frau zu Weihnachten blank geputzt. Er zündete seine Pfeife an, die gute Freundin in sorgenvollen Stunden, setzte die Mütze auf und ging hinaus. Er zögerte eine Weile, wohin er gehen sollte, dann lenkte er seine Schritte zu Karlssons Häuschen. Dieser war zwar Kommunist, aber wenn jemand hier helfen konnte, so war er es.

In der Stube bei Karlssons stand die Familie um den Tisch. Frau Karlsson und die Kinder hatten die Hände gefaltet, aber Karlsson umfaßte mit den seinen die Stuhllehne. So weit würde ihn seine Frau doch nicht bringen, daß er die Hände faltete. Frau Karlsson sprach das lange Tischgebet zu Ende. Ja, sie betete besonders lange, als Dalén hereinkam, ihm konnte es auch nicht schaden, ein »Gotteswort« zu hören. Dalen räusperte sich und Frau Karlsson sagte Amen. Dann wollte sie noch ein Lied singen, aber da unterbrach sie Dalén.

Karlsson sah Dalén eine Weile an, nachdem dieser sein Anliegen vorgebracht hatte. Es lag etwas wie Feindschaft in seinem Blick. Diese Beamtenuniform und diese Stiefel ...!

Aber sogleich wußte Karlsson, was er zu tun hatte.

»Ich nagele ein paar Bretter um den Schlittenboden und lege Stroh darauf«, sagte er. »Aber ich muß noch jemand dabei haben.«

»Ich komme mit«, sagte Dalén.

»Ich möchte lieber Köpman mitnehmen«, sagte Karlsson.

»Wie du willst.«

Es war schon ganz dunkel draußen. Und da diese Weihnachten kein Schnee lag, war das Dunkel sehr groß. Bei dem Schein einer Stallaterne tischlerte Karlsson die Fuhre zusammen. Er nagelte hohe Bretter um den flachen Boden, legte Stroh in die Kiste. Einige Felle trug Frau Dalén herbei. Es war plötzlich Alltag in Rädåsen geworden, bitterer Alltag der Einödbewohner im Kampf mit der Einsamkeit und den großen Entfernungen. Dann nahm Köpman die Laterne, Karlsson spannte an, und sie fuhren los.

»Lösch die Laterne aus«, sagte Karlsson, als sie ein Stück auf den Weg gelangt waren. »Wir sehen besser im Dunkeln.«

Hätten die drei, das Pferd, Karlsson und Köpman den Weg zwischen Rädåsen und Laxsjö nicht gekannt, dann wären sie nie hingekommen und auch nicht zurück, denn auf dem Rückweg mußten sie große Umwege machen, um auf ebenen Wegen zu fahren. Und doch wollte es das Unglück, daß Karlsson in ein Moorloch geriet. Da war eine alte Baumwurzel im Loch, und dort saß der Fuß fest. Er fiel zur Seite, ließ aber die Fuhre nicht los. Hätte er das getan, wäre vielleicht alles gut gegangen. Jetzt fühlte er, wie es im Knie krachte, er empfand einen unerträglichen Schmerz. Das Pferd zuckte zusammen, als er stöhnte, und er wurde ein Stück von dem Schlitten mitgeschleift. Er hatte das Gefühl, als ob sein Bein noch in dem Moorloch steckte. Köpman hielt das Pferd an.

»Was ist, Karlsson?«

Karlsson lag neben dem Schlitten, sein Gesicht war so weiß, daß es Köpman zu leuchten schien.

»Ich weiß nicht, wo das Bein geblieben ist«, murmelte er und versuchte, über seinen Witz zu lachen.

Da hörte man Lina wimmern, die tief eingebettet im Schlitten lag.

»Wir müssen weiter«, sagte Karlsson. »Hilf mir auf.«

Köpman befühlte sein Bein.

»Das Bein sitzt noch. Wo tut es weh?«

Karlsson setzte sich auf den Schlittenrand.

»Laß mich einen Augenblick ausruhn, dann fahren wir weiter.«

Er biß die Zähne zusammen und versuchte sich zu bewegen, aber er hatte das Knie so verrenkt, daß jede Bewegung unerträglichen Schmerz verursachte.

»Los«, rief er. »Es ist das beste, daß wir schnell weiterfahren.«

Darauf faßte er wieder den Schlittenrand an und versuchte, die Fuhre auf dem rechten Kurs zwischen Steinen, Baumstümpfen und Moorlöchern zu halten. Drei Stunden dauerte der Weg hin und zurück. Als sie sich Rädåsen näherten, begann Lina wieder vor Schmerzen zu schreien. Die

Leute in Rädåsen, die zuweilen auf ihre Haustreppen hinaus gingen, hörten sie schon fern im Walde schreien.

»Die Arme«, murmelten sie, und die Unruhe, die mitunter die Ödmarksbewohner befallen kann, kam wieder über sie.

Karlsson versuchte, Lina Mut zuzusprechen.

»Warte nur, bis wir ankommen, dann kriegst du eine Spritze vom Doktor«, sagte er und dachte, wie schön es sein müßte, selbst eine Spritze zu bekommen.

Endlich fuhr der Schlitten den hohen Hügel von Rädåsen hinauf. Dalén und Köpman halfen, Lina in Köpmans Haus zu tragen. Frau Karlsson und die Kinder halfen Karlsson in sein Haus.

Doktor Lukas erwachte und gähnte.

»Jaha, wo sind wir denn jetzt, Hedin?«

»Ich weiß nicht, wie weit wir gelangt sind, ich bin den Weg noch nie gefahren.«

Der Doktor gähnte wieder. Er war als pensionierter Siebziger zwar gewohnt, in Bewegung zu sein. Aber er pflegte ein Nickerchen zu machen, wenn er im Auto fuhr und ein anderer am Steuer saß.

Aber nun fiel ihm etwas ein.

»Sind wir schon über die Brücke von Väsingkoski gefahren?«

»Ich bin über keine Brücke gefahren«, sagte der Chauffeur.

Der Doktor zog die Uhr heraus.

»Habe ich lange geschlafen? Wir müßten jetzt eigentlich da sein.«

Er ließ das Auto halten und stieg aus.

»Nein«, sagte er, als er wieder einstieg. »Wir sind falsch gefahren, wir hätten bei dem Wegweiser von Skinnbrokmoor abbiegen müssen.«

»Ich habe keinen Wegweiser gesehen«, sagte Hedin.

»Dann müssen wir wenden«, sagte Doktor Lukas.

Aber das war leichter gesagt als getan. Es hatte noch nicht gefroren, die Wegkanten waren locker, und einen Seitenweg gab es nicht. Man mußte eine Weile fahren, ehe man einen geeigneten Platz fand. Aber Hedin verstand seine Sache. Und nun ging es in rasender Fahrt zurück. Zum Glück waren sie nicht so weit von der Wegkreuzung entfernt. Dort zeigte es sich, daß der Wegweiser von einer Fuhre umgefahren war und im Graben lag. Mit einer halben Stunde Verspätung fuhren sie die Hügel nach Rädåsen hinauf.

Der Doktor machte schnell eine Diagnose. »Es war die letzte Minute«, sagte er zu Hedin.

Mutter Lina wollte etwas sagen. Der Doktor beugte sich zu ihr nieder.

»Eine Spritze? Nein, Mutter Lina, das geht nicht. Dann kann ich Sie nicht im Krankenhaus untersuchen.«

»Aber, Herr Doktor, was soll ich denn tun?«

»Beiß die Zähne zusammen.«

»Aber es wird meine letzte Fahrt, Herr Doktor.«

»Das kann sein, aber sie wird vornehm, im Auto fahren, und die letzte Fahrt müssen wir alle einmal machen.«

»Ich komme nie wieder nach Laxsjö.«

»Oh, Mutter Lina, das weiß unser Herrgott allein.«

»Ja, ich hab mich ganz in Seine Hand gegeben.«

»Das ist gut, Mutter Lina, dann fahren wir also.«

Gerade da kam Karlsson aus der Tür gehinkt.

»Nun schaut den an«, sagte der Doktor, »er sieht aus, als wäre er vom Pilkalanpinoppi gestürzt.«

»Ich habe mir das Knie verrenkt, Herr Doktor.«

»Herunter mit den Hosen«, kommandierte Doktor Lukas, der schon von dem Mißgeschick gehört hatte.

»Ja, ich würde Sie ja nicht damit bemühen«, sagte Karlsson, »aber da Sie doch einmal hier sind.« Der Doktor untersuchte das Knie. »Es sieht schlimm aus, aber es ist doch nicht so gefährlich. Frau Dalén soll einen feuchten, warmen Umschlag machen, sie kann so etwas gut. Und dann halten Sie sich ein paar Tage still.«

Während Hedin und Köpman Mutter Lina in den Krankenwagen trugen, trank der Doktor eine Tasse Kaffee, den die fürsorgliche Frau Köpman für ihn gekocht hatte. Dann stieg er ins Auto, und fort ging es mit Hedins »höchstem« Tempo, was nicht wenig besagen will.

Und allmählich trat sowohl in Laxsjö als auch in Rädåsen Weihnachtsstille ein. Die Tannenbaumkerzen wurden angezündet. Ein sanfter Wind verwehte die schweren Wolken. Die Sterne funkelten über den Ödmarkswäldern, und in der Stille des Weihnachtsabends raste ein weich gefederter Krankenwagen die meilenlangen Hügel hinunter an einer Doktorwohnung vorbei zum Krankenhaus in der Stadt.

Dort waren sie gerade dabei, den Weihnachtschoral zu singen. Überall waren Kerzen und geschmückte Tannenbäume. Niemand achtete bei dieser Weihnachtsfeier darauf, daß ein uniformierter Chauffeur mit einem Gehilfen eine Bahre durch den langen Korridor trug.

Aber sie, die auf der Bahre lag, war von ihren langen Schmerzen so ausgebrannt, daß es war, als hätte sie alles Körperliche hinter sich. Sie hörte eine wunderbare Musik und dachte: »Jetzt sterbe ich, und die Engel tragen mich in die ewige Stadt.«

Sie glaubte, die himmlische Herrlichkeit schon zu sehen und zu hören.

Die Schwefelhölzer

Der Pfarrer Emeritus Isak Wallander war ein rüstiger alter Herr. Wie viele andere emeritierte Pfarrer hatte er sich in Uppsala niedergelassen, wo seine hohe Gestalt jeden Sonntag auf der Pfarrerbank in der Domkirche zu sehen war.

Aber eine Weihnachtsmette in der Domkirche hatte Wallander noch nie mitgemacht. Er besaß fünf Kinder, drei Söhne und zwei Töchter, alle mehr oder weniger glücklich verheiratet, und er weilte jede Weihnachten der Reihe nach bei einem von ihnen auf Besuch.

Jetzt war die Reihe an das vierte Kind gekommen, den Sohn Erik, der Zivilingenieur war und in Stockholm wohnte.

Und dort saß nun Wallander in einem bequemen Ledersessel im Arbeitszimmer seines Sohnes, in einer altmodischen aber gemütlichen Wohnung, vier Treppen hoch am Kåkbrink gelegen. Von dort war eine prächtige Aussicht über den Mälarsee. Der kurze Tag ging zu Ende, die Laternen am Kai entlang glänzten wie Perlenketten aus Sternen, und aus dem blaugrauen Himmel rieselten die ersten Schneeflocken hernieder.

Marie, die Frau seines Sohnes, war damit beschäftigt, den Weihnachtsbaum im Eßsaal zu schmücken. Die beiden kleinsten Kinder halfen ihr, aber das älteste Mädchen, Inga, war beim Großvater geblieben. Es war noch etwas scheu vor ihm, zählte es doch erst sechs Jahre, aber es war sehr neugierig, denn es war ja auch ein kleines Mädchen.

»Hat Großvater keine Frau?« fragte es, während es am Sessel stand und mit einem Lederknopf der Armlehne spielte.

»Ich habe eine Frau gehabt«, antwortete Wallander, »aber sie ist daheim bei Gott.«

»Bei wem?«

»Bei Gott.«

»Wo wohnt der?«

Der Pfarrer Wallander hatte häufig in seinem Leben das Wort Gott ausgesprochen. Aber als er nun den Namen im Hause seines Sohnes Erik nannte, konnte er ihn nur mit größter Mühe hervorbringen. Es klang wie ein fremder Ton in diesem Hause, denn er wußte, daß sowohl der Sohn als auch seine Frau recht fortschrittliche Atheisten waren. Er sah ein, daß sie in ihrer strengen Wahrheitsliebe ihren Kindern keinen Glauben geben konnten, den sie selbst nicht besaßen. Aber jetzt stand die kleine Inga neben ihrem Großvater, sah ihn mit ihren klaren Kinderaugen an und wiederholte ihre Frage:

»Wo wohnt Gott denn?«

Und Wallander antwortete einfach und treuherzig: »Gott wohnt im Himmel.«

Inga sah aus dem Fenster. Es war jetzt fast Nacht und ein blauschwarzer Himmel ohne Sterne. Man sah nur die irdischen Lichter. Wallander merkte, wie die Augen des Kindes groß und erstaunt blickten. Es lag ein solcher Ernst in dem Blick, daß es dem Alten ans Herz griff.

»Erzähle von Gott«, sagte das Kind.

Wallander legte seinen Arm um Ingas Schultern und zog sie an sich.

»Hast du Großvater lieb?« fragte er.

»Ja«, flüsterte Inga.

»*Warum* hast du Großvater lieb?«

»Weil du so freundlich bist«, sagte Inga.

»Sieh mal«, sagte Wallander, »Gott ist noch viel freundlicher als Großvater. Großvater wird nicht immer leben, aber Gott lebt immer. Großvater kann nicht alles sehen und nicht alles hören, aber Gott sieht und hört alles. Großvater hat nur fünf Kinder, aber alle Menschen sind Gottes Kinder. Großvater kann nicht alles, aber Gott kann alles.«

»Hast du Gott gesehen?« fragte Inga.

»Niemand hat Gott je gesehen«, antwortete Wallander. »Nur ein einziger hat Gott gesehen.«

»Wie heißt der?«

»Er heißt Jesus.«

»Hast du Jesus gesehen?«

»Nein, aber ich habe Bilder von ihm gesehen. Auf einem Bild ist er ein kleines Kind. Manchmal liegt er in einer Krippe. Manchmal sitzt er auf dem Schoß seiner Mutter. Seine Mutter heißt Maria.«

»Meine Mama heißt fast ebenso, sie heißt Marie.«

»Und ein Bild gibt es von ihm, wo er an seinem Kreuz hängt.«

»Das habe ich im Fenster der Buchhandlung gesehen«, sagte Inga. »Ich wollte Mama fragen, was das sei, aber Mama zog mich vom Fenster fort. Warum hing er am Kreuze?«

»Die Menschen taten ihm Böses an. Sie wollten nicht, daß er mit ihnen über Gott sprechen sollte.«

»Woher weißt du das alles von Gott?« fragte Inga.

»Das steht in einem Buch, das die Bibel heißt«, antwortete Wallander.

»So ein Buch haben wir auch«, sagte Inga. »Ein riesig dickes, schönes Buch, aber ich darf es nicht anfassen, hat Papa gesagt. Willst du mir nicht aus dem Buch über Gott vorlesen?«

»Wir müssen wohl Papa erst fragen«, sagte Wallander.

In dem Augenblick hörte man, daß jemand ins Haus kam. Inga stürzte hinaus.

»Papa, Papa«, rief sie. »Großvater hat mir von Gott erzählt. Darf Großvater mir aus der Bibel von Gott vorlesen?«

Ingenieur Wallander kam herein und begrüßte seinen Vater. Die beiden Männer schüttelten sich herzlich die Hand, Vater und Sohn, und doch in vielem einander fremd. Es war das erste Weihnachtsfest, das Wallander im Haus dieses Sohnes zubrachte, und wie sehr er sich auch gefreut hatte, hierher zu kommen, hatte er doch einer Weihnacht in diesem Heim mit Bangen entgegengesehen, da man sie hier anders feierte, als er gewohnt war. Aber ihm war, als habe er eine kleine Gefährtin in seiner Enkelin Inga gefunden.

Sie durfte neben ihm am Weihnachtstisch sitzen, wo das

traditionelle Eintunken in die Weihnachtsbrühe nicht fehlte. Sie saß still und stumm, sah bisweilen nachdenklich und träumerisch in seine Augen. Was für ein Kind, dachte der Alte, was für ein merkwürdiges kleines Kind.

Aber nach dem Mittagessen kam sie wieder mit ihrer Bitte:

»Lieber Papa, laß Großvater mir aus dem Buch über Gott vorlesen.«

Ingenieur Wallander verhärtete sich gleichsam vor ihrer Bitte. Er sah etwas unschlüssig seine Frau an, die gerade ihrem Schwiegervater Kaffee aus einer schönen Silberkanne einschenkte. Marie, die im Geheimen den stattlichen alten Pfarrer bewunderte, antwortete:

»Es würde Großvater wohl recht seltsam vorkommen, Weihnachten zu feiern, ohne sein altes Weihnachtsevangelium zu lesen und seinen Weihnachtschoral zu singen. Und wenn Großvater lesen und singen will, dann soll Großvater es auch tun. Denn ich möchte, daß sich Großvater ganz zu Hause bei uns fühlen soll.«

Und so wurde es auch.

Als die Kerzen am Tannenbaum angezündet werden sollten, holte der Ingenieur die große Bibel hervor. Marie zündete zwei Kerzen an und stellte sie vor ihn auf den Tisch. Inga wagte es, auf Großvaters Knie zu klettern. Sie faltete ihre Hände wie Großvater. Es wurde still und feierlich. Gullan saß auf Vaters Knien und Putte auf Mutters. Und Wallander las von dem Kind in der Krippe, von den Hirten und den Engeln. Dann setzte er sich ans Klavier und sang den Weihnachtschoral.

Niemand lauschte an diesem Abend so eifrig wie Inga. Und als sie schließlich mit allen Weihnachtsgeschenken auf einem Stuhl neben sich in ihrem Bett lag und Großvater sich zu ihr beugte, um ihr Gutenacht zu sagen, flüsterte sie: »Das Schönste an diesem Abend war, als du von dem kleinen Jesuskinde lasest.«

Isak Wallander hatte darauf bestanden, sich über Nacht ein Zimmer im Hotel zu nehmen. Marie hatte ihrer Hausgehilfin Weihnachtsurlaub gegeben, und Wallander wollte zeitig zur Weihnachtsmette aufstehen.

Als er auf dem Vorplatz stand, um zu gehen, wollte Erik ihn die Treppen hinunterbringen.

»O nein, so alt bin ich noch nicht, daß ich nicht hinausfinde«, sagte Wallander.

Es gab keinen Fahrstuhl in dem alten Hause. Und ehe Wallander unten angelangt war, ging die Treppenbeleuchtung aus. Im untersten Flur angekommen, tastete er sich an die Tür, ging hinaus und schloß die Tür fest hinter sich. Aber er stand nicht auf der Gasse, wie er erwartet hatte, sondern befand sich auf einem engen »Hof«, kaum drei Meter im Quadrat, einem tiefen Schacht zwischen vier senkrechten Wänden. Er sah vier Fensterreihen in der Höhe verschwimmen und ein viereckiges Stück eines nachtroten Wolkenhimmels über sich.

Nun war Pfarrer Wallander zwar ein Pfarrer jener Sorte, welche Abenteuer lieben, und die gibt es mehr, als man glauben sollte. Aber er fand es auf alle Fälle wenig angenehm, in dieser Rattenhöhle eingeschlossen zu sein. Denn das einzige lebende Wesen, das er hörte, war eine fette Ratte, die erschrocken um seine Beine rannte. Es standen einige Abfalltonnen in einer Ecke.

Wallander sah nach oben, wie es ja ein Pfarrer in einer solchen Lage tun muß, aber er dachte zunächst nicht an Gott, sondern überlegte: auch wenn er ein Fasadenkletterer gewesen wäre, würde seine Kunst an diesen glatten Mauern versagen. Er rüttelte noch einmal an der Tür, aber sie war fest verschlossen. In keinem einzigen Fenster sah er Licht, es war stumm und dunkel wie in einem Grabe.

Seltsame Weihnachtsnacht ist das ja, dachte Wallander und ging einige Schritte um den »Hof«. Es war kalt und naß hier unten und roch recht schlecht.

Ich muß wohl warten, bis jemand in den Flur kommt und dann an die Tür klopfen, dachte Wallander. Er wappnete sich also mit Geduld, diesem vortrefflichen Hilfsmittel in langwierigen Lagen.

Aber offenbar war niemand in dieser Weihnachtsnacht unterwegs. Wallander dachte an die warme gepflegte Wohnung seines Sohnes dort oben. Wenn Erik wüßte, daß sein alter Vater hier auf einem Hinterhof eingeschlossen war! Er erinnerte sich an Ragnar Lodbrok in der Schlangengrube: Grunzen würden die Schweine, wenn sie wüßten, daß der alte Eber ...

Gerade in diesem Augenblick wurde ein Licht hinter einer Fensterscheibe dicht neben ihm angezündet. Glühte auf und erlosch. Nur so, als habe jemand ein Streichholz angezündet und wieder ausgelöscht.

Isak Wallander trat sofort ans Fenster. Er klopfte leise an die Scheibe, wartete eine ganze Weile. Nichts war zu sehen oder zu hören. Er klopfte noch einmal, fester. Er bildete sich ein, daß er in der Stille das ganze Häuserviertel aufwecken würde.

Nach einer Weile konnte er mehr fühlen als hören, daß sich jemand hinter der Fensterscheibe bewegte. Er glaubte zu vernehmen, wie dort jemand tastete und kroch, der seufzte und stöhnte. Schließlich hörte er, daß jemand die Fensterhaken anfaßte. Es war, als ob eine Hand, schwächer als die eines kleinen Kindes, versuchte, den harten Haken zu öffnen.

Wallander hielt die Hand ans Fenster, als wolle er helfen. Jetzt hörte er eine keuchende Stimme hinter der Scheibe: »Ich kann nicht, ich schaffe es nicht«, seufzte die Stimme.

»Versuchen Sie nur, Sie können es sicher«, sagte er.

Wieder hörte er, daß jemand versuchte, den Haken zu öffnen. Diesmal gelang es. Eine Spalte des Fensters wurde geöffnet.

Und die Stimme drinnen stöhnte: »Wer ist da? Ist es Anders?«

»Macht nur auf, Mütterchen«, sagte Wallander. »Es ist nur einer, der hier eingeschlossen ist, ein Pfarrer.«

Wallander konnte nicht umhin, über die Komik seiner Lage zu lächeln.

Die Stimme da drinnen keuchte: »Ein Pfarrer, ein Pfarrer? Dann soll er zu mir kommen, ich bin so krank.«

Wallander öffnete das Fenster von außen. Es war ganz dunkel im Zimmer. Er sah undeutlich einen grauen Schatten auf dem Fußboden kauern.

Gewandt wie er noch war, kletterte er vorsichtig ins Fenster, ohne auf das Graue auf dem Fußboden zu treten. Er beugte sich über eine alte Frau, die dort in ihren grauen Nachtkleidern lag, und half ihr vorsichtig in die Höhe. Er zog das Fenster wieder zu, damit die kalte Luft nicht einströmen sollte.

»Gibt es hier ein Licht?« fragte er.

»Ich habe kein Licht, nur Schwefelhölzer«, sagte die Alte.

Wallander sah undeutlich ein Bett. Er trug die alte Frau fast, legte sie auf ihr Bett und breitete eine zerfetzte Decke über sie.

Die Alte lag und atmete schwer. Die Anstrengung, zum Fenster zu kriechen und es zu öffnen, hatte sie sehr mitgenommen. Sie sprach langsam und rang nach Atem.

»Ich glaubte ... es sei Anders ... Er kommt nicht ... obwohl ich geschrieben habe ... viele Jahre ... Vielleicht kann er nicht ... ich glaubte, es sei Anders.«

Wallander streichelte die welke Hand der Alten. Sie war sehr kalt.

»Ich bin statt dessen gekommen. Kann ich etwas für Sie tun, Mütterchen? Soll ich einen Arzt holen?«

»Keiner kann etwas für mich tun ... kein Arzt. Aber wenn er Pfarrer ist ... kann er mir eine Andacht halten ... Ich möchte ein Gotteswort hören ... ehe ich sterbe ... ich möchte einen Choral hören ... den Weihnachtschoral.«

Wallander legte seine Hand auf die der Alten, als wolle er sie wärmen. Dann begann er leise, Wallins Weihnachtslied zu singen: Gegrüßt sei, schöne Morgenstund.

Häufig hatte Wallander diesen Choral gesungen. In der

Kirche seiner Kindheit. In den vielen Kirchen, in denen er in jungen Jahren Pfarrer gewesen war. Er sah jetzt all die Kirchen, erinnerte sich an die seltsame Freude und Unruhe, die er empfunden hatte, wenn er in der Sakristeitür stand und die ganze Gemeinde im flackernden Kerzenschein unter hohen Kirchengewölben gesungen hatte.

Zuletzt hatte er das Lied der kleinen Inga, ihren Eltern und Geschwistern vorgesungen. Aber nie hatte er es so wie jetzt gesungen. Nie zuvor hatte er so gefühlt, wie dieses Lied von Fragen des Lebens und Antworten der Ewigkeit erfüllt war. Er fühlte, wie auch die Hand der Alten zitterte.

Nachdem er gesungen hatte, sprach er das Weihnachtsevangelium auswendig. Und nachdem er es gesprochen hatte, redete er, und nachdem er geredet hatte, betete er. Und nachdem er gebetet hatte, sang er wieder.

Es war ihm so wertvoll, noch einmal an Weihnachten einen Gottesdienst halten zu dürfen. Für einen einzigen Menschen. Für ein einziges dieser kleinen Kinder Gottes, über die er vorhin mit Inga gesprochen hatte.

Stunde um Stunde verging. Die Alte redete nicht mehr. Aber er fühlte, daß sie lauschte. Er fühlte, daß in dieser gebrechlichen verwelkenden Schale eine Menschenseele wohnte, die noch gefangen, aber bald frei war. Er fühlte, wie er dieser Seele mithelfen konnte, ihre Flügel für die Fahrt zur Ewigkeit zu erheben.

Er wußte nicht, wann sie starb. Die Hand war so kalt, daß sie nicht kälter werden konnte. Er selbst empfand keine Müdigkeit, keine Unruhe mehr. Er war selbst ein alter Mann, der bald sterben würde. Er blieb lange sitzen, bis die Weihnachtsglocken zu läuten begannen. Da fand er die Streichholzschachtel – »die Schwefelhölzer«, wie man sie ja auch in seiner Kindheit nannte. Sie lagen auf einem Stuhl neben dem Bett der Alten. Er zündete ein Streichholz an und beleuchtete die Alte. Langsam schloß er ihre gebrochenen Augen und faltete die erstarrten Hände.

Dann ging er hinaus und nahm den Schlüssel mit.

Ein kleines Kind in einer Kirchenbank stieß leise seine Mutter an: »Sieh, der Onkel schläft.« Die Mutter sah zur Seite. Ein feiner alter Herr mit weißem Haar schlief fest während der Predigt des Pfarrers.

Er lächelte im Traum. Er wanderte mit einem kleinen Mädchen an der Hand über eine blühende Sommerwiese. Er war auf dem Wege zu seiner Frau.

Und die Kleine fragte: »Weißt du sicher, wo Gott wohnt?«

Und er lächelte ihr zu und antwortete: »Mach dir keine Sorgen, wir werden den Weg schon finden.«

Es waren die Leute vom Öjeshof, die in diesem Jahre den Altpaten als Weihnachtsgast hatten. Er war fast mit jedem Hof des Dorfes verwandt. Aber er wohnte allein in einer alten Kate und war noch frisch und gesund genug, um für sich selber zu sorgen. Meistens saß er an einem Tisch und baute Geigen. Darin war er ein Meister; und spielen darauf konnte er auch, jene alten Weisen, an die sich die jungen Spielleute kaum noch erinnerten. Wenn Weihnachten kam, wurde es dem Altpaten langweilig, beschäftigungslos am Herde zu sitzen, dann zog er sich sein bestes Zeug an und ging in irgendeinen Hof, wo er sich zu Hause fühlte, und überall war er willkommen.

Der Öjeshof war der größte Hof im Öjedorf. Ob er den Namen nach dem Dorf hatte oder umgekehrt, kann niemand sagen. Aber prächtige Leute wohnten auf diesem Hof. Alle hielten zusammen, fleißig bebauten sie die Erde, und alle kamen sie zu hohem Alter. Als sie sich nun zum Weihnachtsfest versammelten, waren vier Generationen vertreten. Besonders hübsch waren die Töchter des Hofes; mit einem Öjehofmädchen verheiratet zu sein, galt für eine große Ehre im Dorf. Jetzt war nur eine von den Töchtern des Öjebauern noch unverheiratet, und allem Anschein nach würde sie es auch bleiben, solange der Vater lebte, denn er wollte nicht, daß sie den Bränd Erik heiratete, den man zwar als tüchtigen Burschen kannte, der aber einer der ärmsten Familien des Dorfes angehörte. Galt der Vater als eigensinnig, so war Öjes Kersti aus dem gleichen Holz. »Bekomme ich Erik nicht, so nehme ich keinen«, hatte sie das einzige Mal gesagt, als die Sache zur Sprache gekommen war. Dabei sah sie nicht aus, als ob sie Kummer hatte, o nein, so etwas gab es bei den Öjeleuten nicht.

Der Weihnachtsabend im Öjehof verlief wie auf jedem anderen Hof. Vielleicht war mehr Essen auf dem Tisch, mehr Holz im Herde, mehr Kerzen in den Haltern, mehr Kraft in der Stimme des Öjebauern, als er das Weihnachtsevangelium las, lauter der Gesang, als man den Choral anstimmte: Vom Himmel hoch, da komm ich her.

Der Altpate sang alle Verse mit, bis man den elften gesungen hatte. Da verstummte er und blieb in tiefen Gedanken sitzen. Er hatte während des Gesanges die Augen auf Kersti gerichtet. Was war mit ihr los? Alle anderen sangen, wie man sonst Choräle zu singen pflegt, »frei heraus«, wie die Leute sagen. Man soll singen und darum singt man auch. Gott soll hören, daß man ihn lobt, und darum gilt es auch, ordentlich und von Herzen zu singen, damit der Gesang an Gottes Thron gelangt. Der Vater sang mit Würde, wie es einem Großbauern ansteht. Die Mutter sang voller Dankbarkeit darüber, daß sie alle ihre Lieben gesund um sich versammelt hatte. Die Alten sangen mit Tränen in den Augen, weil sie sich an alte Zeiten erinnerten und an die dachten, die nicht mehr unter ihnen waren. Die Jungen sangen aus Freude am Gesang. Aber Kersti, Kersti! Sie hatte wie die anderen begonnen, frisch und jung, aber bei jedem neuen Vers wurde sie immer nachdenklicher, und schließlich verstummte ihre Stimme, ihre Augen wurden groß und dunkel und füllten sich mit Tränen. Kein anderer sah es als der Altpate, denn er saß auf einem Holzklotz am Herde, zu den anderen gewandt und leitete den Gesang mit seiner Geige. Als man vom Kind in der Krippe sang, konnte Kersti sich nur mit Mühe beherrschen. Die Tränen fielen auf ihre gefalteten Hände, aber sie wagte nicht, sich zu bewegen, damit niemand es bemerken sollte. Das tat auch keiner außer dem Altpaten. Allmählich wurde Kersti wieder ruhig. Und als man den Vers anstimmte: »Ach mein herzliebstes Jesulein ...«, sang sie wieder mit. Aber da war der Altpate verstummt. Er starrte, als sähe auch er etwas. Er sah das Kind, das kleine Jesuskind in der Krippe, und er sah Maria und Joseph. So deutlich, als ob er einer der Hirten im Stall wäre, sah er sie. Maria hatte Kerstis Züge. Aber wer war Joseph? Oh, jetzt sah er: Erik vom Brändhofe. Der prächtige Erik, der viel zu arm war, um Schwiegersohn im Öjeshof zu werden. Während die andern den Choral zu Ende sangen, wiederholte der Altpate in Gedanken den Vers, der in seinem Gedächtnis haften geblieben war:

»Das hat also gefallen dir,
die Wahrheit anzuzeigen mir,
wie aller Welt Macht, Ehr und Gut
vor dir nichts gilt, nichts hilft noch tut.«

Und plötzlich sah er so klar, wie alte Leute zuweilen sehen, daß ein großes Unglück über den Öjeshof kommen würde. Es war das Unglück, das in aller Welt das größte ist, wenn man Geld und Gut mehr achtet als das wertvollste von allem: die Liebe. Hier brannte die Liebe rein und klar in zwei Menschenherzen. Erik und Kersti gehörten zusammen, die beiden müßten einander haben, einander lieben, miteinander glücklich werden. Sie müßten wie glückliche Eltern ihren Kindern zulächeln und arbeiten und opfern, wie der Mensch für denjenigen, den er liebt, arbeiten und opfern soll. Aber hier ward ihnen das nicht vergönnt, weil aller Welt Macht, Ehr und Gut im Herzen des Öjebauern mehr galt als die Liebe.

Als der Choral verstummt war, blieben alle eine Weile still sitzen. Es schien, als wage man sich nicht zu bewegen, damit das Heilige, das die Gemüter bewegt hatte, nicht verflöge. Plötzlich hörte man einen tiefen Seufzer, er kam vom Altpaten. Man hatte bemerkt, daß er aufhörte mit Singen und Spielen, ehe man den Choral zu Ende gesungen hatte, und jetzt war sein Kopf tief herabgesunken, als ob er über etwas nachgrübele. Das sah ihm so gar nicht ähnlich, denn er war sonst der fröhlichste von allen.

»Warum seufzt du, Altpate?« fragte der Öjebauer, »stimmt etwas nicht mit deiner Fiedel? Du hörtest so plötzlich auf.«

»Meiner Fiedel fehlt nichts«, sagte der Altpate, »nur wird es ihr so schwer, fröhliche Weisen zu spielen, sobald jemand anderm das Herz weh tut. Aber wenn es heilen könnte, möcht ich gern etwas erzählen, das mir einfiel, als wir eben den Choral sangen.«

»Lieber Altpate, erzähle«, riefen die jüngeren im Chor. Aber Kersti schwieg. Sie war rot und blaß geworden, als der Altpate das mit dem wehen Herzen gesagt hatte. Ihr Vater sah es, und hätte es in seiner Macht gestanden, würde er dem Altpaten das Wort verboten haben; aber es war nun mal so mit dem Alten: wo er dabei war, war die Ehrfurcht vor ihm größer als vor irgend jemand anderm.

Doch der Altpate sah durchaus nicht so aus, als ob er etwas erzählen wollte. Er betrachtete seine Geige im Schein des Feuers und zupfte etwas an den Saiten. Plötzlich stand er auf, legte Geige und Bogen auf den Tisch und ging zu den alten Leuten, die an diesem Abend den Ehrenplatz an dem Langtisch hatten.

»Erinnerst du dich noch an Lissdaniels Kari?« rief er dem alten Vater des Öjebauern ins Ohr, der mit seiner alten Frau auf dem Altenteil im Hofe wohnte.

»O ja, freilich erinnere ich mich an sie«, antwortete der Alte mit zittriger Stimme.

»Weißt du noch, als ihr Bräutigam aus Amerika nach Hause kam?«

»O ja, freilich weiß ich das noch.«

»Davon will ich jetzt erzählen.«

Der Alte nickte.

Der Altpate ging zu seinem Holzklotz am Herde zurück, setzte sich und begann zu erzählen. Und alle fanden es schön von ihm, daß er daran gedacht hatte, dem alten Vater zu sagen, was er erzählen wollte. So war der taube Alte auch mit in den Kreis hineingezogen.

»Als ich jung war«, begann der Altpate, »geschah hier im Dorf etwas Merkwürdiges. Aber das, was geschah, war das Ende einer langen Geschichte, und darum muß ich noch weiter in der Zeit zurückgehen. Also vor sehr langer Zeit lebten hier im Dorf zwei junge Menschen, die von dem Vater im Himmel füreinander bestimmt waren, wenn nicht die

Menschen in ihrem Vorwitz es so gemacht hätten, daß sie erst im Tode vereint wurden. Das Mädchen hieß Lissdaniels Kari, und sie soll in ihrer Jugend das hübscheste Mädchen gewesen sein, das es je im Öjedorf gab. Sie war auch mit den Öjesbauern verwandt«, fügte der Altpate hinzu und sah Kersti lächelnd an. »Aber Karis Vater als der reichste Bauer im Dorf wollte nicht, daß sie den heiratete, den sie lieb hatte; er hieß Styvers Halvar. Nein, Halvar war zu arm für die reiche und hübsche Kari. Jedesmal, wenn Halvar um sie freite, und er kam häufig wieder, mußte er nur hören, daß er zu arm sei. Dieser Vorwürfe zuletzt überdrüssig, beschloß Halvar, reich zu werden. Zu dem Zwecke begann er zu arbeiten, wie noch nie ein Bauernbursche in Öjedorf gearbeitet hatte. Er schwendete Wald, er rodete Boden, er brach Steinblöcke aus den Feldern und errichtete die großen Steinhaufen, die noch beim Styvershof hier im Norden des Dorfes zu sehen sind. Er baute den Hof um; sowohl das Wohnhaus als auch die Ställe zimmerte er neuer und größer, als sie gewesen waren, und das Glück war mit ihm. Aber wie er auch arbeitete und wie er auch in Scheunen und Truhen sammelte, so war er doch für die feine Lissdaniels Kari nicht reich genug.

Da kamen die Zeiten, da die Leute nach Amerika zogen, wo man nach dem Gerücht Gold scheffeln konnte. Als nun der eine nach dem andern nach Amerika fuhr, ging Styvers Halvar zum letzten Mal zum Lissdaniels-Bauern und bat um Karis Hand. Aber er erhielt wieder eine Absage. Da ballte er die Faust unter der Nase des Bauern und sagte: »Jetzt fahr ich nach Amerika und komme erst wieder, wenn ich so viel Geld habe, daß ich das ganze Öjedorf kaufen kann.« Der Bauer lachte höhnisch, aber hinter dem Stallpfosten stand Kari und weinte. Und als Halvar dort vorbeiging, fiel sie ihm um den Hals und bat ihn, zu Hause zu bleiben. ›Es ist besser, daß wir uns wenigstens manchmal sehen, als daß wir so weit getrennt sind‹, sagte sie. Aber Halvar war unerschütterlich und ließ sich nicht erweichen. ›Ich habe mein

Wort gegeben‹, sagte er, ›und das werde ich halten. Aber ich komme zurück.‹

›Bleib nur nicht zu lange‹, schluchzte Kari.

›Willst du auch auf mich warten?‹ fragte Halvar.

›Ja‹, sagte Kari, ›ich werde bis zu meinem letzten Lebenstage auf dich warten, aber komm bald wieder.‹

›Ich komme wieder, wenn ich reich genug bin‹, sagte Halvar.

Aber wann ist ein Mensch reich genug?« Der Altpate schwieg nach diesen Worten eine Weile und sah sich im Kreise um. Sein Blick machte zuletzt bei dem Öjebauern halt. Aber dieser saß mit einer kalten Pfeife im Munde und sah scheinbar gleichgültig zu Boden.

»Wann ist ein Mensch reich genug?« fragte der Altpate wieder mit erhöhter Stimme, als erwarte er eine Antwort. Dann fuhr er fort zu erzählen.

»Jahre vergingen, und viele Freier kamen auf den Lissdanielshof. Aber wenn der Vater ja sagte, so sagte die Tochter nein. Und so blieb sie unverheiratet. Ihre Schwestern heirateten alle . . . die Mutter starb. Und dann starb auch der Vater. Kari blieb allein auf dem Hof zurück, den sie kraftvoll leitete. Ab und zu erhielt sie von Halvar einen Brief. Es ginge ihm gut, aber er sei noch nicht reich genug. Als der Vater starb, schrieb Kari, jetzt sei sie frei, zu heiraten, wen sie wolle. Aber auch auf diesen Brief antwortete Halvar, daß er noch nicht reich genug sei. Kari begann zu altern. Noch immer kamen Briefe, noch immer schrieb sie, aber noch war Halvar nicht reich genug.

Kari hatte ihre ganze Aussteuer schon in Ordnung gebracht. Auch ein Brautkleid hatte sie sich angeschafft, wie es die Frauen des Kirchspiels zu tragen pflegten, wenn sie als Braut vor den Altar traten. Häufig nahm sie die Tracht aus der Truhe und betrachtete sie, damit sie auch in Ordnung sei, wenn Halvar heimkehrte.

Und die Zeit verging. Kari wurde vierzig Jahre alt, sie wurde fünfzig Jahre alt. Aber als sie sechzig Jahre alt war,

war sie eine alte Frau. Eines Tages sagte sie: ›Jetzt kann ich nicht mehr warten, jetzt muß ich an Halvar schreiben, daß er kommen muß.‹ Auf diesen Brief erhielt sie endlich die erwartete Antwort: ›Ich komme.‹

Aber als sie diese Worte las, war ihr, als sei etwas in ihrem Herzen zerbrochen. ›Ich habe zu lange gewartet‹, sagte sie, ›meine Kraft ist zu Ende, aber ich will versuchen auszuhalten, bis Halvar kommt.‹

Kari war jetzt so schwach, daß sie sich ins Bett legen mußte. Dort lag sie mit gefalteten Händen und bat Gott um Kraft, solange zu leben, daß sie Halvar noch einmal sehen könnte. Ich weiß nicht, warum Gott ein solches Gebet nicht erhört hat«, sagte der Altpate; »aber seine Gedanken sind nicht unsere Gedanken. Noch in der Todesstunde wandte Kari ihr Gesicht zur Tür: ›Kommst du nicht, Halvar?‹ flüsterte sie.

Sie hatte gebeten, daß man ihr ihre Brauttracht anziehen sollte, wenn man sie in den Sarg legte. Ich erinnere mich noch an den Tag, als sei es gestern gewesen«, sagte der Altpate, und alle sahen, wie seine Augen groß wurden und in die Ferne schauten. »Kari lag in ihrem Sarg auf dem grünen Hofplatz des Lissdanielshofes. Sie war im Tode ganz verändert, lag da und lächelte wie ein junges Mädchen in ihrer Brauttracht. Aber gerade als der Pfarrer mit der Aussegnung beginnen wollte, kam jemand auf den Hof gewandert. Es war ein vornehm gekleideter alter Herr. Er sah wie ein richtiger Patron aus, der gewohnt war, vielen Menschen zu befehlen. Er ging an uns Bauersleuten vorbei gerade auf den Pfarrer zu, ohne nach dem Sarg zu sehen, und fragte nach Lissdaniels Kari.

Der Pfarrer machte eine Bewegung mit dem Buche.

›Sie liegt hier‹, sagte er.

Da sah der Mann eine Weile Kari an. Dann griff er sich mit der Hand ans Herz und fiel tot über den Sarg. Und da sahen wir alle, daß es Styvers Halvar war. Jetzt war er zurückgekommen, jetzt war er reich genug, aber jetzt war es zu spät.

Es gab an diesem Tage keine Beerdigung. Aber einige Tage später standen zwei Särge auf dem Lissdanielshofe. Halvar hatte in seinem Koffer eine feine Bräutigamstracht mitgebracht. Und die zog man ihm an. Und so wurden sie mit Erde anstatt mit einem goldenen Ring getraut. So erhielten sie einander im Tode, die sich im Leben nicht bekommen hatten.

Ihr wundert euch, warum ich vorhin aufhörte zu singen«, sagte der Altpate. »Ja, seht ihr, weder die Fiedel noch ich kamen an dem Vers vorbei, ›wie aller Welt Macht, Ehr und Gut vor Dir nichts gilt, nichts hilft noch tut‹. Ich mußte daran denken, wie viel in dieser Welt uns an dem Wichtigsten hindert, einander zu lieben. Und sollen wir den Geburtstag dessen feiern, der die Liebe war, dann können wir ihn nicht feiern, wenn wir etwas anderes an die Stelle dessen setzen, was das Wichtigste im Leben ist. Gold, Weihrauch und Myrrhen sind zwar köstliche Dinge, und Höfe, Felder und Wälder sind auch nicht zu verachten. Aber ein liebendes Herz ist mehr als dies alles, das war der Reichtum Jesu, und Gott gebe, daß wir alle diesen Reichtum hätten.«

Es wurde allen etwas schwer, wieder in die richtige Weihnachtsstimmung zu kommen, nachdem der Altpate seine ernste Erzählung beendet hatte. Aber als er selbst die Geige nahm und eine alte Weihnachtspolka aufspielte, die Kinder sich um ihn sammelten, während Kersti die Kerzen des Weihnachtsbaumes anzündete und die Mutter den Kaffee einschenkte, da wurde es wieder Weihnachten im Öjeshofe. Aber als man dann beginnen wollte, die Julklappgeschenke zu verteilen, stellte sich heraus, daß der Vater nicht da war. Er ging eigentlich schon fort, nachdem der Altpate seine Erzählung beendet hatte, was aber nur vom Altpaten bemerkt worden war. Der hatte sowohl Kersti als auch ihren Vater angesehen. Und vielleicht war es wahr, was die Leute sagten, daß der Altpate eine merkwürdige Kraft in seinen Augen hatte. Er verstand die Kunst, die Herzen sowohl zu beruhigen als auch zu beunruhigen. Und wenn er alles, was er konnte, tat, um Kerstis Herz zu beruhigen, so tat er auch alles, was er konnte, um ihres Vaters Herz zu beunruhigen.

»Wo ist Vater?« Man rief nach ihm, draußen und drinnen. Man konnte doch nicht gut damit beginnen, die Julklappgeschenke zu verteilen, ehe er kam.

Endlich hörte man seine Schritte in der Vorlaube.

»Wo bist du gewesen, Vater?« fragte die Frau, etwas besorgt.

»Oh, ich hatte ja das Weihnachtsgeschenk für Kersti vergessen.«

»Für mich?« sagte Kersti und errötete. Sie wurde so leicht rot.

»Ja, gerade für dich«, sagte der Vater. »Aber du mußt es selbst holen. Ich habe es nur bis zur Vorlaube gebracht.«

Kersti brauchte ihr Weihnachtsgeschenk nicht zu holen. Sie glaubte, das Herz würde ihr vor Glück stehen bleiben.

Denn in die Tür trat Bränd Erik.

»Wolltest du sonst noch etwas?«

Der Doktor klopfte etwas ungeduldig mit dem Höhrrohr auf den Pultalmanach.

Der Pastor erhob sich langsam.

»Mein Anliegen war groß genug. Aber du könntest wenigstens über die Sache nachdenken.«

»Ich brauche nicht mehr über ›die Sache‹ nachzudenken.«

Der Pastor reichte ihm die Hand.

Der Doktor schüttelte sie herzlich.

»Verzeih, alter Freund, daß ich dir in diesem Falle nicht zu Willen sein kann. Aber man kann ja seine Ansichten nicht vergewaltigen. Du hast deine Ansichten über die Juden und ich habe die meinigen. Doch die Verschiedenheit unserer Meinungen darf unsere alte Freundschaft nicht erschüttern.«

»Keineswegs.«

Der Doktor begleitete seinen Freund zur Tür.

»Der Nächste, bitte, Schwester!«

Pastor Ingman ging langsam den Krankenhaushügel hinunter. Er hatte gehofft, daß sein Freund, Doktor Hagen, dem Doktor Braun aus Wien eine Arbeit geben könnte. Er hatte sich kürzlich darüber beklagt, daß er für sein Laboratorium keinen geschickten Assistenten finden könne. Und jetzt hätte er den jüdischen Flüchtling, Doktor Braun, den Schützling Pastor Ingmans, einstellen können. Dieser war ja ein weltbekannter Bakteriologe. Doktor Hagen hatte selbst zugeben müssen, daß Brauns wissenschaftliche Arbeiten von epochemachender Bedeutung gewesen waren. Er wandte selbst Brauns Methoden an. Aber nicht einmal einen so geringen Platz wie die Laborantenstelle in seinem Krankenhaus mochte Doktor Hagen einem Juden geben. Nicht einmal der alten Freundschaft wegen. Pastor Ingman hatte sich nur mit Mühe enthalten können, Doktor Hagen an die Hilfe zu erinnern, die seine Eltern ihm einst geleistet hatten.

Er erinnerte sich an die Weihnachtstage, an denen Eyvind Hagen seine Eltern bei einem großen Zugunglück verloren hatte. Sie waren auf dem Heimweg von einem Ärztekongreß in Wien gewesen. Aber sie kamen niemals nach Haus. Einige Kilometer von der Stadt entfernt war eine Weiche falsch gestellt. Und unter den Todesopfern, die das Zugunglück verursachte, waren Eyvinds Eltern. Freunde und Verwandte nahmen sich der zahlreichen Kinder an. Pastor Ingmans Eltern wurden gefragt, ob sie Eyvind aufnehmen wollten. Sie hatten gezögert. Sie hatten ja selbst schon eine ganze Schar Kinder. Aber als die Mutter das Weihnachtsevangelium las, wurde es Pastor Ingmans Vater klar, was er zu tun hatte. »Denn es war kein Raum in der Herberge.« Das Wort entschied die Sache. Und so kam es, daß Eyvind Hagen in dem Ingmanschen Heim aufwuchs. Bald war er es, der die Führung übernahm. Er war begabter als seine Pflegegeschwister, die häufig etwas eifersüchtig auf ihn waren, weil seine Pflegeeltern ihn so verwöhnten. Immer hieß es: Denkt daran, Kinder, daß Eyvind elternlos ist. Er erhielt die teuerste Ausbildung, und es erwies sich, daß er es auch wert war. Er wurde ein geschickter Arzt, und zu seiner Ehre muß gesagt werden, daß er seinen Pflegeeltern ihre Fürsorge und Liebe freigebig vergalt. Aber sonst galt er für einen harten Mann, der in der Konkurrenz mit seinen Kollegen keine Rücksicht walten ließ.

An all dies mußte Pastor Ingman denken, als er zu Doktor Braun wanderte, um ihm mitzuteilen, daß er den Platz im Krankenhaus nicht bekommen könne. Pastor Ingman hatte seine Hoffnung auf diese Anstellung gesetzt, um dem Doktor Braun über seine unheilbare Schwermut hinweg zu helfen. Dieser war an einem großen Krankenhaus in Wien Oberarzt gewesen. Als Wissenschaftler war er weit berühmt. Hatte im ersten Weltkrieg eine hohe Auszeichnung für seine Verdienste als Militärarzt erhalten. Hatte durch seine Methoden Tausenden das Leben gerettet. Als aber die »Neuordnung« kam, traf ihn das Los seiner Rassengenossen. Zweimal war er im Konzentrationslager gewesen. Einmal hatte er Marter durchmachen müssen. Seine Füße hatten für Lebenszeit Schaden genommen. Seiner Frau, die »arisch« war, wurde eine staatliche Pension angeboten, wenn sie sich von ihrem Mann scheiden ließe. Sie hatte stolz abgelehnt. Aber dieser Stolz brachte ihr unerhörte Leiden und Demütigungen, so daß sie mit den Nerven zusammengebrochen und fürs Leben gezeichnet war. Die Tochter, Lotte, war auf dem Wege gewesen, eine berühmte Schriftstellerin zu werden. Sie hatte mehrere Literaturpreise erhalten, und ihr Erstlingsroman, Königin Esther, wurde zu einem großen Erfolg. Jetzt stand er auf der Liste der verbotenen Bücher. Alles, was die Familie besaß, wurde beschlagnahmt. Während der Mann im Konzentrationslager saß, hatte seine Familie Wien verlassen, um sich nach England zu begeben, wo eine Arztfamilie versprochen hatte, sich ihrer anzunehmen. Als sie auf halbem Wege waren, brach der Krieg aus. Der zweite Weltkrieg. Sie kehrten nach Wien zurück und fanden dort ihre Wohnung von anderen Menschen bewohnt. In ihrer Verzweiflung irrten sie Tag und Nacht auf den Straßen umher und schliefen in Parks, als sie eines Abends mit einigen anderen Juden den Weg zur schwedischen Kirche fanden.

Der schwedische Pastor widmete seine ganze Zeit den Bemühungen, den notleidenden Juden zu helfen. Seine Kirche war jeden Abend voller Juden, die dem Evangelium lauschten, bis eines Tages der Befehl kam, daß die Kirche geschlossen werden sollte. Da ging der Pastor statt dessen unter diesen armen Menschen umher und versuchte, ihnen Worte des Trostes zu sagen. Eines Tages wurde ihm auch diese Tätigkeit verboten. Verdächtigt und von den Behörden beobachtet, mußte er schließlich Wien verlassen, aber es gelang ihm, einen Paß für Lotte und ihre Mutter nach Schweden zu bekommen, wo er hoffte, ihnen durch gute Freunde einen Zufluchtsort verschaffen zu können. Es gelang ihm auch, Doktor Brauns Befreiung aus dem Konzentrationslager zu erwirken. Es war ein großer Tag, als die getrennte Familie auf schwedischem Boden wieder vereint wurde.

Seitdem hatte die Familie von Stadt zu Stadt wandern müssen. Schwedische Arztfamilien öffneten ihrem berühmten Kollegen für längere oder kürzere Zeit ihre Heime. Schließlich erhielt er vom Ärzteverein eine kleine monatliche Unterstützung, groß genug, daß er sich einige Zimmer in einer größeren Stadt mieten konnte. Mit Pastor Ingmans Hilfe war es gelungen, eine erträgliche, aber viel zu teure Wohnung am Stadtrande zu finden. Pastor Ingman und seine Frau nahmen sich mit Freude der drei Flüchtlinge an. Sie bettelten sich bei ihren Freunden Möbel, Hausgerät und Bettwäsche zusammen. Sie freuten sich mit ihnen, als die kleine Wohnung gemütlich zu werden begann, als das erste Feuer im Küchenherd angezündet und der erste Kaffeetisch gedeckt wurde. Die Dankbarkeit der Flüchtlinge war so groß, daß es Ingmans fast peinlich war. Der vornehme alte Doktor war die Höflichkeit in Person, und seine Frau, die nie die Tränen zurückhalten konnte, ergriff ihre Herzen. Die Tochter Lotte schloß sich mit südländischer Lebhaftigkeit und Wärme Frau Ingman an, und alles wäre schön und gut gewesen, wenn der Doktor selbst nicht Stunden tiefster Schwermut gehabt hätte.

Daß er keinerlei Arbeit hatte, machte ihm das Dasein unerträglich. Er näherte sich zwar dem Pensionsalter, aber für die Wissenschaft gäbe es kein Pensionsalter, pflegte er zu sagen.

»Wenn ich nur im Winkel eines Krankenhauses mit einem Mikroskop und einigen Reagenzröhren sitzen dürfte, würde ich sogar die Arbeit eines Handlangers tun, wenn ich nur wüßte, daß ich der Menschheit nützen könnte. Aber nichts Nützliches zu leisten, den Menschen zur Last zu liegen, solch ein Leben ist schrecklich, Herr Pastor, schrecklich.«

Die Bekanntschaft mit Pastor Ingman hatte zur Folge, daß die Familie Braun jeden Sonntag den Gottesdienst besuchte.

Das war für sie etwas völlig Neues. Die Doktorin war Katholikin, der Doktor selbst seiner Konfession nach orthodoxer Jude, behauptete aber, in Wirklichkeit keinerlei Religion zu haben. »Die Wissenschaft ist meine Religion gewesen«, pflegte er zu sagen. Die Tochter Lotte hatte starke Sympathien für die lutherische Kirche. Sie hatte einmal Taufunterricht erhalten, war aber weder getauft noch konfirmiert worden.

Nach dem ersten Gottesdienst lud Pastor Ingman die Familie Braun zum Kirchenkaffee ein. Der Doktor machte Pastor Ingman sein tiefstes Kompliment. »Wenn Sie jeden Sonntag so predigen, Herr Pastor, dann machen Sie mich bald zum Christen.« Die Doktorin hatte während des ganzen Gottesdienstes geweint, als sie aber in den Pfarrhof kam, strahlte ihr Gesicht. »Oh, Herr Pastor, Sie haben meine Seele erquickt.« Die Tochter Lotte sah den Pfarrer mit ihren dunklen warmen Augen an: »Sie sind nicht nur ein großer Prediger, Herr Pastor, Sie sind auch ein großer Künstler.« Pastor Ingman fühlte sich verlegen angesichts dieser Dankbarkeit. Und er fühlte sich immer verlegen, wenn er mit seinen »jüdischen« Freunden zusammen war. Er fand, daß ihre Dankbarkeit in keinerlei Verhältnis zu den einfachen Dienstleistungen stand, die er und seine Frau ihnen erwiesen.

Es erwies sich mit der Zeit auch als immer schwieriger, ihnen beizustehen. Die kleine Unterstützung durch den Ärzteverein reichte längst nicht für Miete und Verpflegung. Und die Menschen waren längst nicht immer bereit zu helfen. Es gelang dem Pastor, Lotte eine Stelle als Maschinenschreiberin zu vermitteln, aber Neid und Übelwollen gegen die »Jüdin« veranlaßten ihren Chef, ihr nach einiger Zeit zu kündigen. Da versuchte sie, durch Zeitungsanzeigen Sprachschüler zu finden. Sie beherrschte außer Deutsch und Englisch auch Französisch. Sie erhielt einige Schüler, die jedoch bald ihres lebhaften Temperamentes und ihres Eifers, ihnen mehr als die elementaren Grundlagen beizubringen, überdrüssig wurden. Die Arbeit in seiner großen Gemeinde nahm den Pastor sehr in Anspruch. Einmal hatte er drei Wochen lang keine Zeit gefunden, seine Freunde zu besuchen. Bei seinem nächsten Besuch fand er, daß sie eine ganze Woche fast ganz ohne Essen gewesen waren.

»Warum, warum sind Sie denn nicht zu mir gekommen?« fragte er aufgeregt.

»Oh, Herr Pastor«, antwortete der Doktor, indem er sich verbeugte, »man hat wohl seinen unglücklichen Stolz.«

Und dieser Stolz würde wieder einen Stoß bekommen haben, wenn Pastor Ingman ihm jetzt die Nachricht überbrachte, daß es keine Stelle im Krankenhaus für ihn gäbe. Der Pastor blieb vor der Tür seiner Freunde stehen. Einen Augenblick überlegte er, ob er umkehren und noch einen Versuch bei Doktor Hagen machen sollte. Aber er sah ein, daß dieser dem verachteten »Juden« nicht einmal die Stelle eines Straßenfegers geben würde.

Als Pastor Ingman an der Tür klingelte, kam ihm die ganze Familie entgegengestürzt.

»Oh, da ist unser lieber Pastor. Willkommen, willkommen! Wir haben schon festlich gedeckt. Lotte hat Wienerkuchen gebacken.«

Der Pastor war froh, daß ihn niemand nach dem Krankenhaus fragte. Ich will das Fest nicht stören, dachte er. Sie erfahren es schon früh genug. Man trank Kaffee und war sehr heiter. Pastor Ingman wurde von der Fröhlichkeit seiner südländischen Freunde angesteckt. Als man »påtår«, die zweite Tasse, trinken wollte, fragte er, wie man das auf deutsch nennte.

»Nachguß«, antwortete die Doktorin.

Aber der Pastor verhörte sich und wiederholte »Nachtkuß«. Die Doktorin lachte so, daß ihr die Tränen kamen.

Als Pastor Ingman in der Tür stand, ergriff die Doktorin seine beiden Hände und drückte sie.

»Vielen Dank, Herr Pastor. Morgen geht mein Mann ins Krankenhaus.«

Der Pastor wollte etwas sagen, aber der Doktor beeilte sich, seine Hand zu ergreifen.

»Vielen Dank, Herr Pastor. Morgen gehe ich zum Krankenhaus. Sie brauchen nichts zu sagen; ich weiß alles.« Darauf warf er dem Pastor einen Blick zu, der deutlicher als Worte sagte, daß er Doktor Hagens Antwort schon wisse.

Aber wer am nächsten Morgen zum Krankenhaus ging, das war Pastor Ingman.

Als sich die großen Tore um acht Uhr öffneten, sah er dort schon eine Reihe von Menschen stehen. Unter ihnen war ein älterer Herr, dessen weiße Locken unter dem Hut wehten. Es war Doktor Braun. Er folgte dem Strom der Besucher, aber statt zum Krankenhaus hinauf zu gehen, schlug er den Weg in den Park ein.

Pastor Ingman holte ihn ein.

»Guten Morgen, Herr Doktor.«

»Oh, guten Morgen, Herr Pastor. Ich wußte, daß Sie kommen würden.«

»Wußten Sie das?«

»Ja, ich wußte, Sie würden verstehen, daß ich mich gestern einer kleinen Notlüge bediente.«

»Aber Herr Doktor ...«

»Ja, ja, Herr Pastor. Ich weiß, daß Sie als Christ und Pfarrer dagegen sein müssen, aber ich hatte keine andere Wahl. Meine arme Frau ist kränker, als Sie ahnen. Ihre Nerven sind am Zerreißen. Es ist ein Wunder, daß ich sie nicht in eine Nervenanstalt bringen muß. Jetzt war sie so sicher, daß ich jene Stelle am Krankenhaus erhalten würde. Sie hätten nicht mit ihr über Ihre Pläne für mich sprechen dürfen, aber ich konnte Sie nicht mehr hindern. Sie hat zwei Nächte lang vor ihrem Madonnenbild auf den Knien gelegen und um diese Stelle für mich gebetet. Sie hat geglaubt, daß ich sie erhalten würde. Sie glaubt, daß ich sie habe. Sie hörten ja, daß sie nicht einmal danach fragte. Wenn Sie nein gesagt hätten, würde sie Ihnen nicht geglaubt haben. Sie ist zu fest davon überzeugt. Es ist ihre fixe Idee, daß ich jetzt am Krankenhaus angestellt bin. Es ist bedauerlich, aber nicht zu ändern. Und jetzt bin ich ja im Krankenhaus, nicht wahr?«

Der Doktor wies mit der Hand auf den Park und auf das Krankenhaus, das auf einer Anhöhe inmitten des Parks lag.

»Und wenn sie fragt? Und wenn Sie heute abend nach Haus kommen? ...«

»Sie fragt nicht. Sie fragt mich nie nach meiner Arbeit im Krankenhaus. Es ist etwas zu Alltägliches, um sich danach zu erkundigen. Ich frage sie nicht, ob sie Essen gekocht hat, wenn ich nach Haus komme. Das ist nur alles so, wie es sein soll. Ich bin im Krankenhaus, sie ist in der Küche.«

»Aber Ihre Tochter Lotte?«

»Sie weiß alles. Sie sah es Ihren Augen an, als Sie gestern kamen, daß ich die Stelle nicht bekommen hatte. Ich hatte sie darauf vorbereitet. Oh, ich kenne die Menschen, Herr Pastor.«

Pastor Ingman wurde vom tiefsten Mitleid ergriffen, aber zugleich von tiefster Bewunderung. Doch etwas in ihm lehnte sich gegen dieses Spiel mit der Wahrheit auf.

»Aber Herr Doktor, wäre es nicht besser, ihr gleich die Wahrheit zu sagen? Dieses Verhältnis muß schließlich unerträglich werden.«

Der Doktor machte eine abwehrende Geste mit seinen Händen.

»Die Wahrheit, Herr Pastor? Was ist Wahrheit? Sie kennen die alte Frage. Quid veritas?«

»Ich kenne sie, Doktor, und wir wissen beide, wo sie steht. Aber haben Sie von dem alten Mönch gehört, der eine Antwort auf diese Frage fand?«

»Nein.«

»Ja, die Legende erzählt von einem Mönch, der auf jene Worte in seiner Vulgata starrte: Quid veritas? Und während er darauf starrte, verschoben sich die Buchstaben und er las: Vir qui adest. Der Mann, der hier steht.«

»Das ist eine hübsche Legende«, sagte der Doktor, und

ein leises Lächeln zog über sein dunkles Gesicht. »Aber ist es nicht auch eine passende Antwort auf Ihre Frage, Herr Pastor? Sie fragen mich nach der Wahrheit, und ich antworte Ihnen mit ihm, der die Liebe war. Liebe zwingt mich, meine Frau das glauben zu lassen, was in diesem Augenblick Wahrheit für sie ist. Liebe steht höher als Wahrheit. Eine Wahrheit, die keine Liebe ist, die ist keine Wahrheit.«

»Aber ich verstehe doch nicht.«

»Nein, nein, Herr Pastor, das verlange ich auch nicht. Aber wenn Sie einmal in ein Konzentrationslager kommen sollten, würden Sie mich vielleicht verstehen.«

»Aber, was gedenken Sie hier oben im Krankenhaus zu tun, Herr Doktor?«

»Oh, das ist ganz einfach. Ich werde hier sein. Wenn ich um sechs Uhr zum Mittag nach Haus komme, bin ich ›Im Krankenhaus gewesen‹, nicht wahr?« Der Doktor lächelte.

»Aber Herr Doktor, Sie können doch nicht den ganzen Tag ohne Essen sein. Und wenn es regnet. Und kalt ist. Bald gibt es Schnee.«

»Ohne Essen. Kalt. Ich habe Schlimmeres erlebt. Ich habe gelernt, zu frieren und zu hungern. Am schlimmsten ist es nur mit meinen Beinen. Es wird mir schwer, lange zu gehen. Sie müssen wissen, daß ich zwei Wochen lang in einem Zementkäfig eingeschlossen stand, in dem ich weder sitzen noch liegen konnte. Und auch nicht aufrecht stehen. Aber hier gibt es Bänke.«

»Die nimmt man im Winter herein.«

»Nun, dann wird sich schon Rat finden. Und wenn es regnet, gehe ich ins Wartezimmer der Patienten.«

»Aber man wird Sie bemerken.«

»Jeder Tag hat seine eigene Sorge, Herr Pastor, heute kann ich hier frei umhergehen. Sagt nicht Ihr Meister, daß man sich nicht um den morgigen Tag sorgen soll?«

»Doktor Braun, Sie sind ein besserer Christ als ich.«

»Ich bin nur ein Mensch, das darf ich in Ihrem freien

Land sein. Das war ich nicht in meinem Vaterland, als die ›Neuordnung‹ kam.«

Man begann zu bemerken, daß jeden Morgen ein älterer Herr mit silberweißem Haar (es war während der zwei Wochen im Zementkäfig weiß geworden) durch die Krankenhaustore hinein ging und jeden Abend wieder herauskam.

Die Polizei wurde eines schönen Tages benachrichtigt – es war wirklich ein schöner Novembertag mit Rauhreif auf allen Zweigen – aber es stellte sich heraus, daß Doktor Brauns Papiere in Ordnung waren. Und niemand konnte ja einen Menschen daran hindern, im Krankenhauspark umher zu wandern.

Der Diener hatte bemerkt, daß der geheimnisvolle Fremde oft auf einer Bank am äußersten Ende des Parkes saß. Dort lag ein Teich mit roten Seerosen. Und davor war ein Sandplatz, auf dem kleine Kinder zu spielen pflegten. Die Kinder freundeten sich bald mit dem Fremden an. Er zeichnete ihnen mit seinem Stock Männlein in den Sand. Als die Bänke im Winter hereingebracht wurden, ließ der Hausdiener die Bank am Teiche stehen. Eines Tages ging der Aufseher auf einer Inspektionsrunde durch den Park und sah den Doktor dort auf der Bank sitzen, um sich auszuruhen.

Der Inspektor war ein eifriger Mann. Es war gegen die Verordnung, daß eine Bank draußen blieb. Am nächsten Tage war die Bank fort. Aber der Hausdiener hatte eine einfache Holzbank ohne Rückenlehne aufgeschlagen. Doktor Braun hatte dem barmherzigen Samariter danken wollen, wußte aber nicht, daß der Mann in Livree, der so stramm am Schalter der Tore stand, sein unbekannter Wohltäter war. Er hatte einen gewissen Respekt vor Uniformen.

Als Doktor Braun am nächsten Tag durch das Tor ging, kam der Hausdiener aus dem Torhaus. Er ging geradewegs auf Doktor Braun zu. Dieser blieb unschlüssig stehen. Aber der Diener gab ihm einen Klappstuhl, den er unterm Arm trug. »Der gehört mir«, sagte er, »Sie können ihn jeden

Morgen im Torhaus holen und jeden Abend wieder hineinstellen.«

Doktor Braun reichte ihm die Hand. »Wenn ich noch Tränen hätte, würde ich über Ihre Freundlichkeit weinen«, sagte er. »Möge Gott Euch lohnen.« Und er wanderte mit dem Klappstuhl unterm Arm in den Park.

Doktor Hagen hatte längst begriffen, daß der geheimnisvolle Fremde der Doktor aus Wien war, dem er Arbeit im Krankenhaus verweigert hatte. Eines Tages war er nahe daran, ihn um Hilfe zu bitten. Er hatte einen sehr schwierigen Fall, bei dem es galt, nach einem schwer zu deutenden mikroskopischen Präparat eine Diagnose zu stellen. Man hatte die Lösung des Rätsels in einem von Doktor Brauns Büchern gefunden.

Aber eines Abends, es war einige Tage vor Weihnachten, wurde er ins Krankenhaus gerufen, gerade als die Tore geschlossen werden sollten. Er sah den Diener mit den Schlüsseln kommen, gerade wie sich ein alter Herr mit weißem Haar und einem Klappstuhl unterm Arm dem Tore näherte. Es war das erste Mal, daß er Doktor Braun sah. Aber dieser war nicht mehr der stattliche Mann, der mit elastischer Haltung am Morgen durch das Tor gegangen war. Seine Gestalt war zusammengesunken. Er schleppte die Füße nach, der linke Fuß war etwas nach innen gebogen. Und er verbeugte sich, wie Doktor Hagen fand, übertrieben untertänig vor dem Diener, als dieser den Stuhl entgegennahm.

Als Doktor Braun Doktor Hagen sah, machte er Miene, ihn zu grüßen. Aber der Oberarzt wandte sich zur Seite, warf seine Zigarette fort und ging vorüber.

Doch er konnte die Gestalt am Krankenhaustore nicht vergessen. Er versuchte, die unangenehme Erinnerung zu vertreiben. Es war doch ein Jude!

Nun kam Weihnachten. Es wurde im Krankenhaus mit Gottesdiensten auf allen Korridoren gefeiert. Alle Pfarrer der Stadt wirkten in den verschiedenen Abteilungen mit. Es war immer Sitte, daß der Oberarzt dann eine Runde durch

alle Säle machte und den Patienten fröhliche Weihnachten wünschte. Der Doktor Hagen nahm selbst jede Weihnacht am Gottesdienst in einer der Abteilungen teil. Heute war er in Abteilung sieben. Dort las Pastor Ingman das Weihnachtsevangelium. Doktor Hagen merkte, daß Pastor Ingman in letzter Zeit merkbar abgemagert war. Er arbeitete sicherlich unerhört viel. Unter anderem hieß es, er habe eine seiner Mahlzeiten jeden Tag geopfert, um statt dessen eine jüdische Flüchtlingsfamilie zu füttern. Das mußte die Familie von Doktor Braun sein. Doktor Hagen erinnerte sich an das Gespräch, bei dem sein Freund Ingman versucht hatte, für Doktor Braun eine Anstellung zu erwirken. Warum mußte er gerade jetzt daran denken? Und warum suchte Ingman mehrere Male seinen Blick, während er das Evangelium las? Ein Wort hakte sich im Gedächtnis Doktor Hagens fest: Raum in der Herberge. Er hatte das Wort Herberge immer etwas sentimental gefunden. Es schmeckte nach Armeleutequartieren und tantenhafter Wohltätigkeit.

Aber plötzlich mußte er an das erste Weihnachtsfest denken, an das er sich erinnerte. Das war in Ingmans Elternhaus gewesen. Und auf einmal ging es ihm mit einer nie zuvor empfundenen Klarheit auf, was es für ihn bedeutet hatte, daß Ingmans Eltern einmal einen vater- und mutterlosen Jungen aufgenommen und mehr an ihn gewandt hatten als an eins ihrer eigenen Kinder. Er war sich auch bewußt, daß er sich häufig auf Kosten seiner Pflegegeschwister zur Geltung gebracht, bisweilen deswegen ein etwas schlechtes Gewissen gehabt, und dieses dunkle Schuldgefühl manchmal dadurch zu betäuben versucht hatte, daß er freigebig gegen seine Pflegeeltern und seine oft notleidenden Pflegegeschwister gewesen war.

Jetzt kam ihm der Gedanke, daß er sich eigentlich nicht besser benommen hatte als »ein richtiger Jude«. Seiner Ansicht nach war es ja ein Rassenmerkmal für einen Juden, daß dieser sich immer auf Kosten anderer zur Geltung brachte. Aber fand sich dieses Merkmal nicht bei allen Rassen? War er selbst einen Deut besser gewesen? Und doch hatten ihm Ingmans Eltern einen »Raum in der Herberge« bereitet. War es nicht eine einfache Ehrensache, daß er das irgendwie wieder gutmachte? Er hatte versucht, es durch Geld zu tun, hatte sich aber immer dieser Almosenspenden geschämt. Nein, hier bedurfte es mehr als Geld. Hier mußte mit der gleichen Münze bezahlt werden. Liebe ließ sich nur mit Liebe lohnen.

Und plötzlich fühlte er es deutlich. Es kam über ihn – nicht infolge irgendeines Vorsatzes oder einer Überlegung. Es kam ganz einfach wie ein Frühling, der das Herz erwärmte. Er sah die gebeugte Gestalt mit dem Klappstuhl unterm Arm, die dem Diener die Hand drückte. Zwei arme Menschenbrüder. Und ein vergessenes Wort fiel ihm ein: Was ihr getan habt einem dieser geringsten. Zum ersten Male erkannte Doktor Hagen, was das Evangelium war. Es war Liebe ohne Bedingungen, ohne Grenzen und Schranken.

Doktor Hagen stand leise auf und schlich aus dem Korridor. In seinem Zimmer ergriff er Hut und Mantel. Er ging in die Pförtnerwohnung hinunter. Es dauerte noch eine Weile, bis die Tore geschlossen wurden.

»Ich möchte Ihnen fröhliche Weihnachten wünschen, Hansson«, sagte er zum Pförtner. Dieser vermochte kaum zu antworten. Was fiel dem gestrengen Oberarzt ein? So etwas war noch nie vorgekommen.

Der Doktor zündete sich eine Zigarre an.

»Na, Hansson«, sagte er gleichsam beiläufig. »Haben Sie heute den geheimnisvollen Fremden gesehen?«

»Ja, er ist irgendwo im Park. Aber er kommt sicherlich zurück, wenn die Tore geschlossen werden. Es sind noch zehn Minuten übrig.«

»Hören Sie, Hansson, können Sie eigentlich verstehen, warum er hier jeden Tag in den Park geht?«

»Ja, das weiß ich. Pastor Ingman hat mich in das Geheimnis eingeweiht.«

»Und Sie wollen mich nicht auch einweihen?«

»Doch, wenn Sie befehlen. Pastor Ingman hat gesagt, ich solle es Ihnen erzählen, Herr Doktor, wenn Sie ein Verhör anstellen.«

»Dann gebe ich Ihnen den Befehl, es zu erzählen.«

Als Doktor Braun eine Weile später angewandert kam, bat ihn Doktor Hagen um eine Unterredung.

Doktor Braun folgte ihm fast apathisch. Er war so müde, daß ihn die Beine kaum noch trugen.

Doktor Hagen führte ihn ins Laboratorium, half ihm, den Mantel abzulegen und einen weißen Arztkittel anzuziehen.

Er führte ihn an einen Tisch mit einigen Reagenzgläsern und einem Mikroskop. »Ich habe den Verdacht, daß es eine Nierenbeckenentzündung ist, aber ich kann keine Bakterien finden. Ich habe Ihre letzte Arbeit studiert, in der Sie eine Fortsetzung ankündigten. Aber die ist nie erschienen.«

»Meine Frau hat das Manuskript gerettet. Aber ich habe keinen Verleger dafür gefunden.«

»Wollen Sie mir gestatten, mich des Manuskripts anzunehmen?«

»Ich bin Ihnen sehr dankbar, Herr Doktor. Ich werde sofort ...«

»Sie brauchen sich nicht zu beeilen. Sie können es mitbringen, wenn Sie übermorgen hierher kommen. Denn morgen feiern Sie gewiß mit Ihrer Familie Weihnachten, nicht wahr?«

»Ich komme auch morgen in den Krankenhauspark. Meine Frau glaubt ...«

»Ja, ich weiß. Aber sie braucht es nicht mehr zu ›glauben‹. Ich bitte um die Ehre, Herrn Doktor Braun als Laborant in meinem Krankenhaus anstellen zu dürfen. Es handelt sich zwar bei Ihnen um eine hoch qualifizierte Arbeitskraft, aber ich habe keinen anderen Platz für Sie.«

Doktor Braun hörte die letzten Worte nicht. Er hatte am Mikroskop gesessen und daran geschroben. Plötzlich stieß er einen Ruf aus.

»Heureka! Hier ist die Bakterie.«

Als Doktor Braun zu den Seinen zurückkehrte, hatten sie schon lange in Sorge und Unruhe auf ihn gewartet. Sie erinnerten sich an einen anderen Tag, an dem er nicht vom Krankenhaus heimgekehrt war.

Seine Frau warf sich weinend in seine Arme.

»Warum bist du so lange ausgeblieben?«

Doktor Braun strich ihr leise mit der Hand übers Haar. »Mach dir keine Sorge, Maria, es war nur eine Bakterie, die wir schwer finden konnten.«

Gegrüßt sei, schöne Morgenstund

In einem Saal des Krankenhauses saß der Metallarbeiter Algot Petterssen auf einem Stuhl neben einem abgeschirmten Bett und hielt die Hand seiner sterbenden Frau. Er hatte stundenlang so in einer unbequemen Stellung gesessen. Sein Rücken schmerzte, seine Hand schlief zuweilen ein. Aber er dachte: Es ist das einzige, was ich für sie tun kann. Wenn er bisweilen die Hand bewegte, um zu fühlen, ob noch Leben darin sei, empfand er einen leisen Druck von der Hand seiner Frau, als habe sie Angst, daß er ihre Hand loslassen würde. – Sie lebt noch, dachte er dann. Sie weiß, daß ich hier bin, es ist das einzige, was ich für sie tun kann. Sie sieht mich nicht mehr, sie hört mich nicht mehr, sie kann nicht mehr sprechen. Aber sie weiß, daß ich bei ihr bin.

So saß der Mann Stunde um Stunde, während die kurze Dämmerung des Wintertages erstarb und die Lampen angezündet wurden. Rings brauste das Leben des großen Krankenhauses wie ein eintönig rauschendes Meer gegen einen endlos langen Strand. Schwestern und Pflegerinnen liefen aus und ein. Außerhalb des Schirmes redeten Besucher mit den Kranken, und alles geschah, was in einem Krankenhaus geschieht. Aber innerhalb des Schirmes stand die Zeit still, und dort stand der Tod und wartete. Schließlich kam er so unmerklich, daß Algot Petterssen nicht wußte, wann es geschehen war. Er fühlte nur, daß die Hand, die er hielt, seltsam kühl wurde. Und als er seine eigene etwas bewegte, spürte er keinen Druck mehr. Niemand hielt ihn noch fest. Und doch konnte er jene Hand nicht loslassen.

Die Schwester kam. Sie beugte sich über das Bett . . . hob die Augenlider der Frau. Dann legte sie ihre Hand auf Algots Schulter. Algot war dankbar, daß sie nichts sagte. Dann breitete sie das Laken über das Gesicht der Frau und winkte einem Pfleger. Algot hielt noch die Hand seiner Frau, während das Bett herausgerollt wurde. Es war eine Weile still im Saale. Die Kranken wandten sich diskret ab, aber die Gesunden starrten fragend.

Dann war er auf dem Heimweg. Als er durch die Korridore des Krankenhauses ging, entdeckte er, daß es Weihnachtsabend war. Die Weihnachtsfeier hatte schon begonnen. Überall hörte man Weihnachtslieder. Stille Nacht, Heilige Nacht. O du fröhliche, o du selige. Vom Himmel hoch, da komm ich her ... In einem Korridor hallte die Stimme eines Predigers, der das Weihnachtsevangelium las: »Es begab sich aber zu der Zeit, daß ein Gebot vom Kaiser Augustus ausging ...« Algot floh vor all dieser Weihnachtsfreude. Eine Schar weißgekleideter Schwestern, die Kaffeetabletts mit Lichtern und Blumen trugen – er sah, daß es weiße Christrosen waren – redeten und lachten. Aber eine von ihnen strahlte ihn lächelnd an – und zwitscherte: Fröhliche Weihnachten!

Endlich war Algot draußen. Da läuteten alle Kirchenglokken, leichte Schneeflocken rieselten nieder. Autobusse und Straßenbahnen waren voll fröhlicher lebhafter Menschen. Aber Algot schlich auf leeren dunklen Gassen nach seiner Wohnung, einer Mansardenwohnung in der Björngårdsgatan. Es war ein altes Haus, in dem nur alte Menschen wohnten. Meist Pensionäre. Keine Kinder. Kein lärmendes Weihnachtsfest. Als er die Tür zu seiner kleinen Wohnung öffnete, sah er, daß Post auf dem Fußboden lag. Eine einzige weiße Karte, sicherlich eine Postkarte. Aber er nahm sie nicht auf, er zündete kein Licht an. Dann ging er in die Dachstube, die zugleich Schlaf- wie auch Wohnraum war. Dort stand ein Tisch mit zwei Stühlen. Hier pflegten er und seine Frau abends zu sitzen. Er mit seiner Zeitung, sie mit ihrem Strickstrumpf. Der Strumpfkorb stand noch da. Er sah es im Schein der Straßenlaterne, die von unten heraufschien. Er nahm den Korb an sich und zog den halbfertigen Strumpf heraus. Das hätte sein Weihnachtsgeschenk werden sollen, wie er wußte. Sie pflegte so zu tun, als ob er es nicht wüßte, und er stellte sich immer, als sei er überrascht. »Aber nein«, pflegte er zu sagen, wenn er das Paket befühlte, »du hast mir doch nicht etwa ein Paar Strümpfe gestrickt ...« Er nahm das Knäuel und hielt es in der Hand. So hatte er die Hand seiner Frau vorhin gehalten. Und während er dasaß und gleichsam ihre Hand hielt, glaubte er ihre Stimme zu hören: »Sieh dir die kleinen Nonnen an!«

Wie oft hatte er diese Worte doch gehört. »Lösch das Licht eine Weile aus, Algot, und sieh dir die kleinen Nonnen an.«

Er wollte gerade aufstehen, aber da fiel ihm ein, daß er ja gar kein Licht angezündet hatte. Dann lehnte er sich ans Fenster und glaubte, daß seine Frau das gleiche täte. Das Fenster war so klein, daß sich ihre Köpfe ganz nahe kamen. Er schaute auf die Straße hinunter. »Sieh nur«, sagte die Frau, »wie flink sie sind.«

Dort unten, tief unter ihnen lag etwas, das einem Kloster glich. Dort war ein kleines Tor. Und wenn jemand an das Tor klopfte, wurde eine Luke geöffnet. Und eine kleine graue Frau mit weißem Kopftuch schaute durch die Luke, und dann wurde das Tor geöffnet. Man konnte ein Stück des Hofes und das »Kloster« selbst mit all seinen Fenstern sehen, hinter denen Licht brannte. Und dort gingen die kleinen Nonnen aus und ein. Und am Weihnachtsabend wimmelte es dort unten wie in einem Ameisenhaufen. Alle trugen Körbe in ihren Händen und hatten draußen zu tun.

»Siehst du«, sagte die Frau, »sie leben nur für andere, sie erbetteln sich Gaben von den Menschen und geben sie dann den Armen. Und jetzt am Weihnachtsabend gehen sie in viele Häuser, wo die Allerärmsten wohnen. Ich habe mir manchmal gewünscht, eine von ihnen möchte zu uns herauf kommen. Aber wir sind wohl nicht arm genug.«

Die Frau fuhr fort mit ihm zu reden, er wagte kaum zu atmen. »Du müßtest jetzt eigentlich telefonieren«, hörte er sie sagen. »Du müßtest wohl Elin in Norrköping und Gustaf in Eskilstuna und Inez in der Målargatan anrufen. Aber ich finde, wir wollen heute abend ihren Frieden nicht stören.

Sie glauben wohl, daß ich noch lebe, und dann wären sie traurig, und das würde ihre Weihnachtsfreude stören. Rufe sie nicht heute abend an. Sie erfahren es noch früh genug.«

Algot drückte das Garnknäuel, damit seine Frau fühlen sollte, daß er ihr zustimmte. Nein, sie sollten heute abend ihren Frieden behalten.

»Aber du sollst heute abend nicht allein sitzen, Algot«, hörte er die Frau sagen. »Du kannst ja nicht zu Inez gehen, denn dann würde sie anfangen zu fragen, und auch wenn du nichts sagtest, würde sie doch merken, wie es mit mir ist. Aber du könntest zu jemand anders gehen. Du hast ja so viele Freunde. Du könntest zu Zetterbergs gehen oder Akermanns ... nein jetzt weiß ich, Lieber, wir haben ja vergessen, daß Norberg in der Tegelviksgatan heute seinen sechzigsten Geburtstag feiert. Wir haben versprochen zu kommen. Am Weihnachtsabend Geburtstag zu haben! Ja, die Leute werden am Weihnachtsabend geboren, und sie sterben am Weihnachtsabend ... Ja, ja ... es ist auch ein Tag wie alle anderen ... Jesus wurde am Weihnachtsabend geboren ... für Maria war es auch nicht sehr festlich, bis die Engel sangen und die Hirten kamen ... aber dann herrschte Freude. Wir müssen jetzt froh sein, Algot, nicht wahr? Und du sollst nicht allein sitzen. Du sollst zu Norbergs in die Tegelviksgatan gehn, du sollst ...«

Algot drückte das Knäuel so fest, daß es weh getan haben mußte, denn die Frau zog ihre Hand fort und die Stimme verstummte.

Er erwachte wie aus einem Traum. Erwachte, wie man aus einer Betäubung erwacht und die Schmerzen zurückkehren. Der große starke Mann sank zusammen, den Kopf in die Arme gelehnt, und weinte wie ein Kind.

»Anna, Anna«, jammerte er, »komm zurück, wo bist du geblieben, komm zurück, rede mit mir. Noch ein einziges Wort, ein einziges Wort.« Er stand auf, wischte sich mit dem einen Jackenärmel die Tränen ab und nahm das Knäuel wieder zärtlich in die Hand.

60

»Nein«, sagte er. »Du kommst nicht zurück. Aber ich werde an deine letzten Worte denken. Ich werde es so machen wie die kleinen Nonnen dort unten. Ich werde versuchen, an andere zu denken, ich werde zu Norbergs gehen . . .«

Er zündete das Licht an. Sah die Karte unter dem Briefkastenschlitz der Tür und las.

»Algot!

Wir verlassen uns drauf, daß du am Weihnachtsabend mit zu Norbergs kommst. Und daß du deine Trompete mitbringst, damit unser Bläsersextett vollzählig wird. Wir verlassen uns drauf, daß Du uns nicht im Stich läßt. Du hast ja die Solostimme in »Gegrüßt sei, schöne Morgenstund« und all den alten Weihnachtsliedern. Wie gesagt, wir verlassen uns auf Dich.
Fabian.«

Algot stand lange mit der Karte in der Hand. Dann ging er langsam an den Fenstertisch. Dort lag der Strickstrumpf halbfertig mit vier Nadeln darin und einer außerhalb. Und er erinnerte sich an die Stimme seiner Frau, als sie verlobt waren, also war es lange her. Jetzt war sie wieder da. Sie klang jung und fröhlich, so fröhlich wie damals, als sie jung und hübsch und leichtfüßig war . . . War es vielleicht doch so, wie die Pfarrer sagen, daß man wieder jung wird, wenn man stirbt und ins Paradies kommt?

Mit seiner Trompete in einem blauen Stoffutteral eilte Algot durch die stillen einsamen Straßen nach dem Hof, wo Norberg wohnte. Es war ein alter Hof mit niedrigen Häusern. Armselige Hütten hinter den Straßenfassaden. Fünf Männer mit blitzenden Musikinstrumenten standen im Vorflur.

»Wie lange du ausgeblieben bist. Wir glaubten schon, du würdest uns im Stich lassen. Aber wir wußten ja, daß Anna im Krankenhaus liegt. Es geht ihr doch nicht schlechter?«

Algot schüttelte den Kopf und zog eilig sein Instrument hervor.

»Willst du Noten haben, oder kannst du es so?«

»Noten brauch ich nicht.«

»Dann ist alles klar. Aufgestellt!« Durch einen gedrängt vollen Flur schritt das »Sextett« in den Saal, wo Norberg auf einem von Blumenpyramiden umgebenen Stuhl thronte mit dem zufriedenen Lächeln eines Sechzigjährigen.

Als »Gegrüßt sei, schöne Morgenstund« angestimmt wurde, drehte Frau Norberg das elektrische Licht aus. Nur der Weihnachtsbaum strahlte im Kerzenglanz. Es wurde seltsam still und feierlich. Die Glocken der Sofiakirche läuteten zum Weihnachtsgebet, als das Sextett die Noten für »Stille Nacht, Heilige Nacht« umtauschte. Norberg saß in seinem Stuhl und strahlte wie ein Buddha, der die Huldigung seiner Getreuen entgegennimmt, und dachte wohl, daß das Lied an diesem Weihnachtstag auch ihm und seinem sechzigsten Geburtstag gelte.

Aber der König der Weihnacht will ja vor allem die Menschen erfreuen, und wenn jemand an diesem Abend in der Tegelviksgatan froh war, so war es Norberg. Ja, er würde im Lauf der Nacht noch fröhlicher werden. Algot wußte, daß es so kommen würde. Aber diese Freude paßte ihm nicht. Nein, nicht an diesem Abend.

Er ging »zur rechten Zeit«, bewirtet, dankbar umarmt von Norberg, seiner Frau, dem Sextett und vielen anderen, die wußten, daß es Anna schlecht ging. Alle versicherten, daß sie bestimmt bald wieder gesund sein würde. »Laß den Mut nicht sinken, Algot, bald hast du sie wieder zu Hause.« Algot bedankte sich und ging. Er war seltsam froh, als er nach Hause ging. Konnte man so froh sein? Durfte man so froh sein? Er hatte nichts getrunken, nein, nicht einen Tropfen. Anna liebte das nicht. Nein, es war nicht solche Art Freude. War es vielleicht die, von der die Frau vorhin gesprochen hatte: »Sie denken nur an andere ...«

Nun saß er wieder in der Dachstube. Einst pflegten sie dort zu sitzen, bis die Mitternachtsstunde kam. Nach der Abendgrütze und den Weihnachtsgeschenken löschten sie das Licht und warteten auf den Zwölfuhrschlag. Dann pflegten sie einen kleinen Spalt vom Fenster zu öffnen. Algot tat es jetzt auch. Er hörte eine Kirchenuhr schlagen. Es war die von der Katarinenkirche. Jetzt lag die Stadt schweigend. Da begann die kleine Klosterglocke zu läuten, so still und leise, als bäte sie um Entschuldigung, daß sie da sei. Und nun sah er, wie alle kleinen grauen Nonnen in die Kapelle wanderten. Jetzt war ihr Arbeitstag zu Ende. Jetzt brauchten sie nicht mehr an andere zu denken, jetzt hatten sie eine Stunde für sich selbst. Oder ... dachten sie auch nicht einmal jetzt an sich selbst ...? »Leise«, hörte er Anna sagen, »jetzt beginnen sie zu singen ...« Algot lauschte. Es dauerte einen ganzen Vers, ehe er einzelne Worte hörte: »Christ ist erschienen, uns zu versühnen, freue dich, freue dich, o Christenheit.«

Jetzt wurden die Lichter in der kleinen Kapelle angezündet. Sie strahlten wie ein Sternenhimmel. Wie mag es wohl darinnen aussehen? Er mußte Anna fragen: »Was glaubst du, wie es wohl darinnen ist?«

»Ich glaube«, sagte Anna, »daß sie darinnen eine Krippe mit einem Jesuskind haben. An ihn denken sie jetzt.«

Eine seltsame Weihnachtsmette

Fern voneinander, in der weiten Ebene zerstreut, lagen die Gehöfte. Zwanzig Kilometer trennten den Herrenhof Henriksberg von der Graninger Kirche, und der größte Teil des Weges führte durch ausgedehntes, fruchtbares Ackergelände. Hie und da ein Gehölz mit ein paar Steinhaufen und, an den magern Hängen, wo im Frühling der Schwarzdorn und im Sommer die wilden Rosen blühten, die kleinen Kätnerhütten.

Im Winter aber rasten Wind und Stürme mächtig über die endlosen Weiten. Der Wind heulte um die verkrüppelten Kiefern neben den Katen und rauschte hoheitsvoll in den Parkbäumen der Herrenhöfe.

Am schlimmsten war es, wenn der Schneesturm über die Ebene hinwegfegte. Wer bei solchem Wetter weit zu fahren hatte, mußte sich in acht nehmen. Denn der Schnee überwehte alle Straßen und Wegweiser. Unbarmherzig durchdrang der Wind die dicksten Kleider. Die Gewalt der Natur ließ den Menschen erkennen, wie gering und wehrlos er in all seiner vermeintlichen Machtvollkommenheit trotz allem sei.

Wenn man daher in der Heiligen Nacht zur Graninger Kirche in die Weihnachtsmette fahren wollte, konnte man froh sein, wenn die Nacht ruhig war und ohne Sturm und Schneefall blieb. So verhielt es sich wohl auch zumeist. Über der gefrorenen, dunklen Erde, die der Schnee selten vor Weihnachten bedeckte, wölbte sich ein juwelenfunkelndes Firmament, an dem die Kinder, die an der Hand ihrer Mutter dahinwanderten oder aber sich die Nase an einer Autoscheibe plattdrückten, unter Myriaden Himmelslichtern den Jesusstern suchten. Hie und da konnte man eine Weihnachtsfackel sich langsam wie ein Irrlicht durch die weite Ebene vorwärtstasten sehen. Sonst aber waren, da die Menschen so weit voneinander entfernt wohnten, nur wenige Lichter sichtbar. Deshalb wurde auch die Kirche, je mehr man sich ihr näherte, zum reinsten Lichtwunder. Zu allererst erblickte man den wie eine Brautkrone auf der weißen Turmzinne funkelnden Lichterkranz. »An Weihnachten gleicht unsere Kirche einer Braut«, hatte einst ein alter Kätner gesagt, und diese Äußerung war zum Sprichwort in Graninge geworden.

An jenem Christmorgen jedoch, als die Mutter sich mühte, die Kinder zur Feierlichkeit der Weihnachtsmettefahrt zu wecken, schaute der Hüttenbesitzer Henriksson auf Henriksberg beim Rasieren wiederholt beunruhigt zum Schlafzimmerfenster, vor dessen Scheiben das Schneegestöber trieb, während die Windstöße auf den Klebestreifen des Innenfensters Orgel spielten. Der Weihnachtssturm war da! Jener Sturm, der in so vielen Geschichten spukte, die von Weihnachtsmettefahrten erzählten, auf denen Menschen sich in der weglosen Ebene verirrt und in den Schneewehen den Tod gefunden hatten.

Soeben vernahm der Hüttenbesitzer Henriksson das Rattern eines draußen auf der Straße vorüberfahrenden Schneepfluges.

»Gott sei Dank! hätte ich beinahe gesagt«, murmelte der wenig gottesfürchtige Hüttenbesitzer. »Wenn wir bald starten, können wir wenigstens den gepflügten Weg bis zur Kirche benützen.« Das Rasiermesser am Handtuch abwischend, begab er sich in die Kinderstube.

»Beeilt euch, Mutter und Kinder, damit wir uns in dem verdammten Wetter baldigst auf den Weg machen können!«

»Guten Morgen, Papa! Fröhliche Weihnachten!« ertönte es in fünfstimmigem Chor aus dem Kinderzimmer, wo das Kindermädchen den Kleinsten im Schoße hielt. Sie hatte ihm, der heute seine erste Weihnachtsmette besuchen sollte, soeben das Nachthemd vom Leibe gezogen, und er war noch nicht ganz wach.

»Håkan bleibt heute zu Hause und Karin mit ihm.«

Jetzt erwachte Håkan vollends und brach in ein für den Weihnachtsmorgen höchst unpassendes Geheul aus.

Frau Henriksson, noch in der Frisierjacke, wandte sich an ihren Gatten.

»Sagtest du nicht gestern abend, daß Håkan mitkommen dürfe?«

»Jawohl, das sagte ich, aber ich wußte nicht, daß wir heute Schneesturm haben würden. Wir können froh sein, wenn überhaupt jemand von uns die Kirche erreicht, falls der Besuch der Mette übrigens von so großer Tragweite ist.«

»Aber Papa, du meinst doch nicht, daß wir auf die Weihnachtsmette verzichten sollen!«

»Nun, nun, Kinder, beruhigt euch! Wir werden es versuchen.« Mit diesen Worten kehrte der Hüttenbesitzer Henriksson zu seinem Rasierspiegel zurück.

Karin, das Kindermädchen, hatte die größte Mühe, Håkan zu beruhigen. Eine Träne der Enttäuschung quoll aus ihrem eigenen Augenwinkel. Es gab jemanden, den sie in der Kirche zu sehen gehofft hatte.

Die ganze Familie versammelte sich schließlich drunten im Eßzimmer, doch fand niemand die nötige Ruhe zu der Mahlzeit. Die Kinder drängten darauf, warm eingehüllt zu werden, die Mutter hatte noch tausend Dinge zu erledigen und der Hüttenbesitzer selbst verspürte eine seltsame Unruhe wegen des Wetters.

Durch die Glastüren der Veranda blinkte das Scheinwerferlicht des Autos. Der Chauffeur des Hofes war bekannt für seine Pünktlichkeit. Zufrieden sah der Hüttenbesitzer auf seine Uhr.

»Karlsson soll einen Tropfen Kaffee trinken. Karin, holen Sie Karlsson herein!«

Karlsson trat ein. »Gesegnete Weihnacht, Herr Hüttenbesitzer!« Er führte die Hand zur Mütze, ehe er sie vom Kopfe hob.

»Nun, Karlsson, was meint Er, können wir bei diesem Wetter in die Kirche fahren?«

»Der Pflug ist kürzlich vorübergefahren, folglich wird es sich wohl machen lassen.«

»Aber der Wind weht außerordentlich heftig und der Schnee fällt in Massen.«

»Eine Vergnügungsfahrt wird es allerdings nicht werden.«

Jetzt stürzten die Kinder zum Auto hinaus. Frau Henriksson wurde in den Pelzmantel gesteckt, und sie erteilte noch rasch die letzten Befehle für den Weihnachtslunch. Der Hüttenbesitzer nahm auf dem Vordersitz Platz, der Chauffeur setzte sich ans Steuer und los ging es.

Es ist ein wohliges Gefühl, in einem warmen, gut schließenden Auto zu sitzen, wenn draußen der Schneesturm tobt. Das Auto bewegte sich leicht wiegend vorwärts, und alle versanken in jene behagliche Ruhe, die eine Familie auf dem Weg zur Weihnachtsmette, dem feierlichsten Erlebnis des ganzen Jahres, oft überkommt. Der Motor summte leise und gleichmäßig, der kleine Scheibenwischer hielt einen Halbzirkel der Windschutzscheibe schneefrei und klar. Kilometer um Kilometer wurde zurückgelegt. Aber die Schneewehen türmten sich höher und höher. Sie nahmen phantastische Formen an und wölbten sich zuweilen wie erstarrte Meeresbrandungen über die weite Ebene.

»Wie weit sind wir schon gefahren?« Der Hüttenbesitzer Henriksson liebte im allgemeinen keine Gespräche mit seinen Untergebenen.

»Ungefähr halbwegs, glaube ich.«

»Glaubt Er? Weiß Karlsson nicht, wo wir uns befinden?«

»Offen gestanden, sehe ich nicht viel vom Weg, noch von der Umgebung. Aber ich vermute, daß wir bald bei der Wolfskate angelangt sein dürften.«

In diesem Augenblick geschah es.

Was geschah, war zwar nicht besonders merkwürdig, nur etwas ungewöhnlich. Das Auto blieb nämlich stehen.

»Wir können nicht weiterfahren«, erklärte Karlsson.

»Dummheiten«, sagte der Hüttenbesitzer. »Fahr Er drauflos, Karlsson!«

»Wie der Herr befiehlt, aber es ist zwecklos, es zu versuchen.«

»Fahr Er!«

Und Karlsson fuhr. Er fuhr rückwärts und versuchte aufs

neue vorzustoßen. Doch der weiche, aber unnachgiebige Widerstand des Schnees brachte das Auto erneut zum Stehen.

»Wir sind zu weit hinter dem Pflug zurückgeblieben«, erklärte Karlsson. »Ich rate dem Herrn umzukehren, solange es noch geht.«

Der Hüttenbesitzer aber war wütend. Sollte ein bißchen Schneegestöber ihn daran hindern, in die Kirche zu gelangen, wenn er dorthin gelangen wollte ... wenn Frau und Kinder in die Weihnachtsmette fahren wollten ...

»Er muß schaufeln, Karlsson!«

»Wie der Herr befiehlt.« Karlsson öffnete die Autotüre. Huu! ertönte es gleichzeitig von Frau und Kindern. Der Schnee wirbelte herein, als wolle er sie alle ersticken, und die Kälte war eisig. Karlsson vermochte nur mit großer Mühe die Türe zu öffnen und sie mit noch größerer wieder

zu schließen, unter dem Führersitz hatte sich sofort eine ganze Schneewehe angesiedelt.

Der Hüttenbesitzer Henriksson hörte Karlsson die Riemen von der Schneeschaufel lösen. Der Scheibenwischer pendelte still und geduldig hin und her, und im Licht der Scheinwerfer konnte man Karlsson in einer mannshohen Wehe schaufeln sehen. Aber er glich einem Menschen, der sich einen Weg durch die Meeresbrandungen zu bahnen versucht. Wo immer er eine Schaufel Schnee zur Seite warf, häufte der Sturm zehn neue an.

»Nein, so geht es nicht.« Der Hüttenbesitzer klopfte an die Scheibe. Karlsson hörte es nicht.

»Du mußt hupen, Papa!« Es war Olle, der Schuljunge, der diesen vernünftigen Rat erteilte.

Der Hüttenbesitzer biß sich in den Schnurrbart. Wollten jetzt gar noch die Kinder ihre Eltern kommandieren? Es war unter seiner Würde, den Rat eines Jungen zu befolgen. Statt dessen öffnete er die Autotüre. Das hätte er aber besser unterlassen. Denn der Sturm packte sie, und da er die Klinke festhielt, wurde er mitgerissen und taumelte kopfüber in eine Schneewehe.

Olle konnte ein Lachen nicht verbeißen. Malin aber brach in Tränen aus. »Mach die Türe zu! Mich friert!« Der Hüttenbesitzer kam auf die Beine und gelangte bis zu Karlsson.

»Ist Er verrückt, Mensch? Sofort umkehren und heimfahren!«

Karlsson erwiderte nichts. Er war ein vernünftiger Kerl.

Er setzte sich ans Steuer.

»Der Versuch, das Auto zu wenden, dürfte sich kaum lohnen.«

Diese Vermutung erwies sich als richtig. Man steckte wie festgeklemmt in der Schneewehe, die auf der Leeseite derart anwuchs, daß sie bald die Höhe des Wagendaches erreicht hatte.

»Jetzt sollte man ein Paar Skier haben!« Olle versuchte zu scherzen.

»Halt den Mund, Junge!« fuhr der Hüttenbesitzer ihn an.

»Oh, was für ein Weihnachtsmorgen!« schluchzte Malin. »Ich will nach Hause. Mich friert.«

»Ja, wir frieren alle«, sagte Frau Henriksson leise.

»Stärker heizen, Karlsson!«

Es wurde aber nicht wärmer.

Hingegen kam es ruhig und leise von Karlssons Lippen:

»Wenn ich Ihnen einen Rat erteilen darf, Herr ...« Doch das war zuviel für Hüttenbesitzer Henriksson.

»Ich habe Ihn nicht um Rat gebeten. Signalisiere Er, Karlsson! Wir brauchen Hilfe.«

Und Karlsson hupte. In gleichmäßigen Abständen rief das Auto sein Notsignal. Signal über Signal. Es war still im Wagen. Olle wagte nicht zu lachen, Malin nicht zu weinen.

Frau Henriksson saß stumm und resigniert da und wunderte sich einmal mehr darüber, daß ein einfacher Chauffeur oft mehr Gentleman sei, als ein reicher Hüttenbesitzer.

Nachdem das Auto eine Viertelstunde oder zwanzig Minuten lang signalisiert hatte, verstummte die Hupe plötzlich. Auch das Licht erlosch. »Die Batterien scheinen ausgebrannt zu sein«, erklärte Karlsson ruhig und sachlich.

»Nachlässigkeit!« sagte der Hüttenbesitzer. »Ich muß mich nach einem besseren Chauffeur umsehen.«

»Wie der Herr befiehlt«, entgegnete Karlsson, gelassen wie immer. »Meint der Herr, ich solle sofort gehen?« Er legte die Hand auf den Türgriff.

Es wurde totenstill im Auto. Sogar der Sturm draußen hielt einen Moment den Atem an. Es war, als vollzöge sich irgendein unbekannter Vorgang. In der Finsternis, in der das Auge durch den vom stehengebliebenen Scheibenwischer hinterlassenen Halbkreis nichts als den weißen Schnee zu erspähen vermochte, schien es, als habe sich jemand auf unsichtbaren Wegen genähert, um einer Menschenseele etwas mitzuteilen. Obgleich niemand es sah, fühlten doch alle, wie ein Haupt sich neigte und ein starker Mann gebrochen wurde.

Eine Hand tastete nach etwas. Sie stieß dabei auf eine andere Hand, die den Griff einer Autotüre festhielt.

»Verzeihung, Karlsson, Verzeihung. Lassen wir das Letzte ungesagt sein und der Vergessenheit anheimstellen. Verzeihung.«

»O Herr, sagen Sie nichts, ich habe nichts gehört.«

Frau Henriksson mühte sich, eine Träne zu unterdrücken. Niemals würde sie das Erlebnis dieser Weihnacht vergessen. Sie wußte nicht, was diese kaum zu ertragende Freude in ihrem Herzen geweckt hatte. Der Gentleman Karlsson, der *so* auf eine Beleidigung zu reagieren verstand, oder aber der Mann, dessen Stimme zum erstenmal – ja, es war ganz gewiß zum erstenmal – einen Klang von Reue und warmer Menschlichkeit verriet.

»Das war meine Weihnachtsmette«, dachte sie. Und ihre Hände falteten sich. »Ich danke Dir, mein Gott!«

Es war, als hätten die Worte des Hüttenbesitzers auf einmal ein Wärmeelement im Auto entzündet. Malin hörte auf zu weinen und Olles Lachlust verging. Die beiden Kleinsten aber, die Zwillinge Karin und Peder, wußten von nichts, denn sie waren schon eingeschlafen, als das Auto die Pforte passiert hatte.

»Und nun möchte ich Karlssons Rat hören«, sagte der Hüttenbesitzer. »Vielleicht haben wir den gleichen Gedanken.« – »Schön, wenn der Herr erlaubt ...«

»Erlauben, erlauben?« sagte Henriksson und klopfte Karlsson vertraulich auf die Schulter. »Ich erlaube nicht nur, ich bitte sogar darum.«

»Ja, die Wolfskate liegt hier in der Nähe.«

»Ich verstehe, ich verstehe. Die Wolfskate.«

»Kein besonders angenehmer Ort allerdings.«

»Nein, nein, aber in Ermangelung eines besseren ...«

»Wenn der Herr sich der Frau Gemahlin annimmt, werde ich die beiden Kleinen tragen.«

»Und Olle kümmert sich um Malin«, sagte Henriksson.

»Ich kann allein gehen.« – »So versuche es halt!«

Nur mit großer Mühe war die Autotüre aufzukriegen.

Einzig diejenige des Chauffeurs ließ sich öffnen. Die Kinder mußten über die Rücklehne nach vorne klettern und Frau Henriksson befolgte ihr Beispiel. Der Hüttenbesitzer half ihr höflich beim Hinübersteigen. Seit unserer Verlobungszeit ist er nicht mehr so zuvorkommend gewesen, dachte Frau Henriksson und errötete im Dunkeln. Sie drückte leicht die Hand des Mannes, der den Druck erwiderte. Sie empfand dabei beinahe etwas wie Glück.

Es war nicht mehr weit bis zur Wolfskate. Vielleicht fünfhundert Meter. Aber während der Wanderung begann der Hüttenbesitzer die alten Märchen von Leuten, die auf der Weihnachtsmettefahrt zur Graninger Kirche erfroren waren, zu verstehen. Schon nach den ersten hundert Metern fragte er sich, ob sie wohl ans Ziel gelangen würden. Der Kätner hatte oft über den miserablen Weg geklagt, der durch die Äcker zur Kate auf dem kieferbestandenen Hügel hinaufführte. Doch der Hüttenbesitzer hatte nie auf diese Klagen gehört. Jetzt hatte er Muße, die abweisenden Antworten zu bedenken, die er dem Kätner jeweils auf dessen wiederholte Bitten um eine Ausbesserung der Kate erteilt hatte. Da war erstens einmal die Außentüre. Es gab keinen Hausflur. Dann hielt das Dach nicht dicht. Und im Stalle, darin die Kühe froren, konnte man der Kälte wegen keine Hühner halten. Außerdem reichte das Brennholz nie aus. Ja, ja. Das war eine ganze Menge. Die Beschwerden des elenden Volkes nahmen kein Ende.

Frau Henriksson stützte sich schwer auf den Arm ihres Mannes.

»Ist es noch weit?« fragte sie keuchend.

»Siehst du das Licht im Fenster nicht?«

»Das haben wir schon die ganze Zeit gesehen. Kommen wir denn nie hin?«

»O ja. Olle und Malin sind gleich dort. Wir müssen es in den Spuren unserer Kinder schaffen.«

Malin war es bald müde geworden, allein zu gehen. Sie war froh, Olles Hand ergreifen zu dürfen. Der kleine, geschmeidige Zwölfjährige offenbarte die ganze fröhliche Keckheit seines Alters. Er lief voraus, trat den Weg aus und kehrte wieder zurück, um Malin jeweils ein Stück vorwärts zu schleppen.

Den Schluß des Zuges bildete Karlsson, auf jedem Arm einen der Zwillinge.

Die ganze Zeit über fiel der Schnee in Mengen herab und der eisige Wind ließ die Wanderer bis auf die Knochen erschauern.

»Ich fürchte zu erfrieren«, flüsterte Frau Henriksson. »Ich spüre meine Hände nicht mehr.« Der Hüttenbesitzer zog ihr die dünnen Handschuhe aus und rieb ihre Hände mit Schnee. Er zwickte sie kräftig dabei.

»Spürst du, daß ich dich kneife?«

»Ja, du tust mir weh!« Sie versuchte zu lachen.

»Dann besteht keine Gefahr. Da, nimm meine dicken Handschuhe!«

»Wenn du dir aber die Hände erfrierst, Johann?«

»Nein, mich friert nicht, wenn ich in deiner Nähe bin.«

Frau Henriksson lächelte. Diese Nacht würde sie nie vergessen. Es war, als hätte sie ihren Mann zurückerhalten, den Mann, den sie einst vor langer Zeit gekannt hatte.

Drinnen, in der Wolfskate, hatten Olle und Malin sich schon häuslich niedergelassen, als die Eltern eintraten.

Mit dem selbstverständlichen Recht der Kinder, sich überall willkommen zu fühlen, hatten sie ihr Mißgeschick erzählt.

Nun können aber nicht nur Hüttenbesitzer in eingeschneiten Autos, sondern auch andere Leute sich in schwierigen Situationen befinden.

In der Wolfskate lag die Frau zu Bett, einen kleinen Neugeborenen in den Armen. Der Kätner befand sich draußen im Stall, wo eine Kuh soeben gekalbt hatte. Im Herd brannte kein Feuer. Die Stube war kalt. Jedesmal, wenn die Türe aufging, wirbelte der Schnee weit über den Boden hinein. Unter den Fenstern klebte Eis. In einem Bett ohne Leintücher lagen zwei Kinder und schliefen. Die älteste elfjährige Tochter war vom Anpochen der Kinder erwacht und suchte nun, halb angekleidet und barfuß, nach etwas, womit sie ein Herdfeuer entfachen könnte. Eine Petroleumlampe mit rußigem Glas beschien einen schmierigen Küchentisch.

So sah es in der Stube aus, als der Hüttenbesitzer und seine Frau eintraten.

Schüchtern und verlegen grüßte die bettlägerige Kätnersfrau die in ihren Pelz gehüllte Dame, den gestrengen Herrn und die elegant gekleideten Kinder. Das kleine barfüßige Mädchen konnte nur schauen und staunen. Es streckte die Hand aus, sobald jemand grüßte, getraute sich aber nicht, irgendwelche Fragen zu beantworten.

Jetzt kam der Kätner herein. Er sah übernächtig aus und war weder rasiert noch gewaschen.

»Haben Sie denn keinen Weihnachtsbaum?« hub Malin an, wurde aber von dem ritterlichen Olle zum Schweigen gebracht.

»Nein, auf Tallbacken wachsen keine Weihnachtsbäume«, sagte der Kätner ein wenig barsch, »und übrigens ...«

»Karlsson wird einen Baum herbringen, sobald der Weg es erlaubt«, sagte der Hüttenbesitzer, »und ich ...«

»Und ich«, ergänzte Frau Henriksson, »werde etwas Schmuck für denselben mitschicken.«

Der Kätner schwieg.

Da trat Frau Henriksson zu ihm und ergriff seine Hand.

»Sie müssen uns verzeihen«, sagte sie, »daß wir mitten in der Heiligen Nacht auf diese Weise in ihr Heim eingedrungen sind, aber wir wurden im Auto eingeschneit und wären ohne diese Kate sicher erfroren.«

»Ja, schon manch einer ist in dieser Ebene erfroren«, meinte der Kätner, »mein Großvater zum Beispiel ...«

Er wurde von seiner im Bett liegenden Frau unterbrochen.

»Nein, die Geschichte kannst du ein andermal erzählen. Jetzt mach Feuer im Herd, Vater, und stell den Kaffee auf. Bedenke, daß wir Weihnachtsgäste bekommen haben.«

So wurde das Feuer angezündet und die Kaffeekanne aufgestellt. Nur wenig hatten die Kätnersleute anzubieten, aber das Vorhandene wurde freigebig geteilt und schmeckte den durchfrorenen Reisenden wunderbar.

Als der Tag allmählich graute, flaute der Sturm ab. Die Wolken verflüchtigten sich und die Kälte setzte ein. Die letzten Sterne waren im Erlöschen, als sich der Kätner erhob, um in den Stall zu gehen und nach der Kuh mit dem neugeborenen Kälblein zu sehen.

»Ich komme mit«, sagte der Hüttenbesitzer.

Es war eiskalt im Stall.

Es gab noch einen, der in dieser Nacht Gelegenheit hatte, sich über den Hüttenbesitzer Henriksson zu wundern. Nachdem der Kätner die Kuh betreut hatte, blieben die beiden Männer plaudernd beieinander stehen.

Sie waren nicht länger der reiche Hüttenbesitzer und sein Kätner, sondern zwei Männer, die durch das Eingreifen einer höheren Macht einander nahegekommen waren. Der Hüttenbesitzer hatte, wenn auch nur für eine kurze Weile, seine menschliche Kleinheit erkannt. Er hatte vor dem Chauffeur Karlsson seine Unterlegenheit als Gentleman entdeckt und vor dem Kätner seine ganze Gleichgültigkeit und Gedankenlosigkeit der Not eines armen Menschen gegenüber eingesehen.

Und Gott, der die Herzen der Menschen wie Wasserbäche lenkt, hatte ihn dazu bewogen, seinen stolzen und harten Sinn zu beugen und zu wandeln. Er war vor der Frau und den Kindern gedemütigt worden, aber er hatte die Macht erhalten, ein neues Leben in neuem Sinn mit und unter ihnen zu beginnen.

Er war sowohl fröhlich als gut geworden, der reiche Hüttenbesitzer. Und nun war es ihm eine Freude, sich mit dem Kätner über die Verbesserungen, die dieser bisher durch keine Klagen erreicht hatte, zu beraten. Elektrisches Licht sollte installiert, ein besserer Weg angelegt, eine Diele eingerichtet und ein Ziegeldach anstelle des Torfmulldaches gesetzt, sowie ein neuer Stall gebaut und noch vieles andere ausgeführt werden. Der Kätner glaubte noch immer zu träumen, als sie die Stube wieder betraten.

Dort saßen die Zwillinge auf dem Fensterbrett und hauchten Löcher in die Eisblumen an der Scheibe.

»Jetzt sehe ich das Auto!« rief Karin.

»Du kannst nur sein Dach sehen«, antwortete Peder sachlich.

Dem Hüttenbesitzer fiel plötzlich etwas ein. Beunruhigt wandte er sich an den Chauffeur.

»Entschuldigung, Karlsson«, sagte er, »aber wir haben gewiß vergessen, den Kühler zu entleeren?«

»Seien Sie ruhig, Herr, ich habe schon daran gedacht.«

Selma, die Aufwartefrau

Obgleich der Pfarrer bereits einige Jahre in der Gemeinde gewohnt hatte, war er noch nie in der Hütte Selmas gewesen. Und doch lag diese in nächster Nähe des Pfarrhofes, am Hang des zum Flusse abfallenden Hügels.

Eine elendere Hütte konnte man sich schwerlich vorstellen. Wenn etwas die Bezeichnung »verfallen« verdiente, so jedenfalls die Hütte Selmas.

Selma selbst sah jedoch alles andere als verfallen aus. Sie war eine hochaufgeschossene, vierschrötige Frau in den Sechzigern und hätte vielleicht ganz gut ausgesehen, wenn sie nur nicht so schlampig angezogen gewesen wäre. Sie glich einem wandernden Kleiderbündel. Man wußte eigentlich nie recht, was sie anhatte. Röcke und Jacken baumelten und schlotterten an ihren Gliedern, und das Haar hing ihr in zottigen Strähnen um das graue Gesicht.

Trotz ihres vernachlässigten Äußern flößte Selma doch stets einen gewissen Respekt ein. Die Kinder fürchteten sie, die Lehrer mieden sie, nur wenige besaßen den Mut, sie anzureden, und sie selbst suchte nie einen Menschen auf. Sie hatte die Fähigkeit, sich mit einem derartigen noli me tangere – laßt mich in Ruhe – zu umgeben, daß nicht einmal der Pfarrer, ihr nächster Nachbar, einen Besuch bei ihr gewagt hatte. Auch hatte er sie nie in der Kirche gesehen.

Niemand wußte, wer sie war, noch woher sie stammte. Seit Menschengedenken war sie Aufwartefrau in der Schule gewesen. Die Eltern der heutigen Schulkinder erinnerten sich noch aus ihrer eigenen Schulzeit an Selma. Sie habe schon damals genau so ausgeschaut wie jetzt, behaupteten sie. Der Pfarrer hatte auch nie in den Kirchenbüchern nach Selmas Herkunft geforscht. Geistliche sind in dieser Hinsicht selten neugierig.

Heute feierte der Pfarrer seine dritte Weihnacht in der Gemeinde. Er befand sich auf dem Heimweg von dem üblichen Besuch im Krankenhause. Ein Gefühl großer Feierlichkeit bemächtigte sich seiner, während er im funkelnden Sternenlicht den Weg an der Uferböschung des Flusses entlangschritt. Die Lichter aus den Dörfern am jenseitigen Ufer glitzerten wie Perlenketten. Überall feierten die Leute Weihnachten. Jetzt tauchte die kleine Häusergruppe rings um den Pfarrhof vor ihm auf. Er gewahrte Licht hinter den Fenstern. Frau und Kinder harrten seiner, und er empfand ein dankbares Glücksgefühl, Weihnachten mit den Seinen feiern zu dürfen und für eine Weile seiner Amtspflichten ledig zu sein. Doch gerade in dem Augenblick, da er diesen Gedanken nachging, gelangte er an die zu Selmas Hütte hinabführende Wegkreuzung. Und wie immer, wenn er hier vorüberschritt, fiel ihm ein, daß er seine nächste Nachbarin noch nie besucht hatte. Er entsann sich des Wortes: »Die Armen sind stets unter euch.« Doch, war Selma eigentlich arm? Daß sie es knapp hatte, daran war nicht zu zweifeln, aber sicher hatte sie genug zum Leben.

Dennoch beherrschte den Pfarrer das seltsame Gefühl, als ob Selma in geistiger Hinsicht irgend etwas fehlen müsse. Sie gehörte zu jenen rätselhaften Menschen, die ein ernstes Geheimnis in sich bergen, ohne je Gelegenheit zu finden, die vielleicht schwerwiegende Bürde in vertraulichem Gespräch mit einem verständnisvollen Menschen von sich abzuwälzen.

Und nun faßte er seinen Entschluß. Er wollte eintreten und Selma begrüßen. Der Augenblick dafür hätte nicht geeigneter sein können als am Heiligen Abend, wo sie allein zu Hause weilte und in der ganzen Welt keinen Menschen besaß, der sich um sie gekümmert hätte. Doch vorerst ging er noch rasch in den Pfarrhof hinüber, um den Seinen mitzuteilen, daß sie noch eine Weile warten müßten, ehe er Zeit fände, sich ganz seiner Familie zu widmen.

Die Kinder waren im Hausflur versammelt, wo sie auf sein Kommen warteten. Sie machten etwas lange Gesichter, als sie vernahmen, daß er noch einen Besuch vorhabe. Als seine Frau erfuhr, wem dieser Besuch gelten sollte, legte sie etwas Weihnachtsgebäck und Speisen in einen Korb, den der Mann mitnahm.

Finster lag Selmas Hütte in dem kalten Wind an der Böschung zum Fluß. Ein leichter Nebel entstieg dem Schwanenloch, einer Quelle am Rande des Flusses, deren Wasser nie gefror und in der sich einst Schwäne aufzuhalten pflegten. Der Nebel kroch bis zu Selmas Hütte empor und umfing sie mit weichen, gestaltlosen Armen, als wolle er seinerseits Selma in ihrem offenbaren Bestreben, sich von der Welt abzuschließen, behilflich sein.

Im Flur vor der Kammertüre blieb der Pfarrer stehen. Die Hütte besaß anscheinend nur ein Zimmer. Die Diele diente gleichzeitig als Holzschuppen und Vorratskammer. Im schwachen Licht der Sterne und im Schimmer des weißen Nebels fand der Pfarrer das Türschloß und klinkte es auf. Er glaubte, es sei eine Innentüre vorhanden, als er jedoch erkannte, daß er direkt in die Stube gelangte, zog er die Türe wieder zu und klopfte an. Niemand antwortete, obgleich er Licht in der Stube wahrgenommen hatte. Er wiederholte sein Klopfen.

»Herein!«

Die Stimme hatte wahrlich keinen einladenden Klang. Doch der Pfarrer trat gleichwohl ein. Der Nebel folgte ihm ins Zimmer, so daß es ein Weilchen dauerte, ehe er etwas zu unterscheiden vermochte. Wie immer behinderte ihn die angelaufene Brille.

»Guten Abend und gesegnete Weihnacht!« grüßte der Pfarrer, indem er die Brillengläser trocknete.

Er erhielt keine Antwort. Aber nachdem er die Brille wieder aufgesetzt hatte und klar zu sehen vermochte, entdeckte er, daß sich in der Stube zwei Personen befanden. Die eine war Selma, die andere einer der Kirchenältesten.

»Nein, was sehe ich, der Kirchenälteste!« sagte der Pfarrer und reichte Johannes Ås die Hand.

Dieser erhob sich zum Gruße.

»Schön guten Abend, Selma. Ich bin gekommen, um frohe

Weihnacht zu wünschen und meine Frau bittet mich, einen Gruß zu bestellen. Sie hat mir etwas von unseren Weihnachtsspeisen mitgegeben.«

»Danke!« erwiderte Selma kurz und ein wenig abweisend, wenn auch nicht gerade unhöflich. »Ich habe, was ich brauche, und wie der Herr Pfarrer sieht, hat der Kirchenälteste mir eine ganze Menge mitgebracht.«

»Ich muß zugeben«, meinte der Pfarrer überrascht, »daß das ein musterhafter Kirchenältester ist. Hier scheint der Pfarrer wahrhaftig nicht als einziger derer zu gedenken, die am Weihnachtsabend allein ohne Freunde und Verwandte sind. Ich habe beinahe das Gefühl, hier überflüssig zu sein.«

Kaum hatte der Pfarrer diese Worte geäußert, so fühlte er, daß sie mehr Wahrheit enthielten, als er selbst ahnte. Er hatte den Eindruck, daß seine Anwesenheit Selma und den Kirchenältesten nicht nur überraschte, sondern geradezu belästigte. Es war, als wünschten die beiden, er möge so rasch wie möglich verschwinden, ehe etwas gesagt werden oder geschehen könnte, was sie lieber ungesagt und ungeschehen lassen wollten.

Hätte der Pfarrer der Versuchung, sich dieser unangenehmen Situation zu entziehen, Folge leisten wollen, so hätte er ganz einfach Abschied nehmen und heimgehen können. Aber er hatte das Gefühl, dies würde einer Fahnenflucht gleichkommen. In diesem Falle wäre es um seinen Weihnachtsfrieden geschehen. Vielleicht lag auch ein höherer Sinn oder eine Führung dahinter, daß er gerade an diesem Heiligen Abend in Selmas Hütte eintreten und hier einen der Kirchenältesten hatte vorfinden müssen. Andererseits fragte er sich jedoch: war er berechtigt, in dieser brüsken Art und Weise in ein Heim einzudringen? Selmas kleine Hütte war auf jeden Fall doch ein Heim. Wenn Selma ungestört zu sein wünschte, hatte sie dann nicht ein Anrecht darauf, in Ruhe gelassen zu werden? Aber der Pfarrer war ja schließlich nicht als Privatmann gekommen. Er tat es im Auftrag des

Herrn, und welcher Art dieser Auftrag auch sein mochte, mußte er ausgeführt werden.

Und so tat er denn, was er bei seinen Hausbesuchen meistens zu tun pflegte: er holte sein Gesangbuch hervor.

»Darf ich mit Selmas Erlaubnis einen Weihnachtspsalm singen, ehe ich gehe?«

Selma nickte. Sie saß mit über der Brust verschränkten Armen da.

»Vielleicht singt der Kirchenälteste mit?« meinte der Pfarrer und rückte einen Stuhl an dessen Seite. »Johannes Ås verfügt über die schönste Stimme in der ganzen Gemeinde.«

Aber Johannes sang nicht mit.

Der Pfarrer mußte allein singen. Noch nie war ihm das Singen der Worte »Sei gegrüßt, du schöne Morgenstunde« so schwer gefallen. Er fand keinen Widerhall in der Stube, weder im natürlichen noch im geistigen Sinn. Ihm schien allmählich, er hätte sich auf ein unmögliches Unternehmen eingelassen. Er hatte vorgehabt, alle vier Strophen zu singen, brachte aber nur zwei davon zustande. Er schloß mit den seltsamen, sich erst so hoch emporschwingenden und dann so tief absinkenden Worten:

Wärmen,
nähern,
eins zum andern,
die da wandern
ohne Liebe
und aus trüben Brunnen schöpfen.

Der Pfarrer wollte soeben mit dem Vorlesen eines Weihnachtstextes beginnen, als der Kirchenälteste ihm die Hand auf den Arm legte.

»Es dürfte genügen«, sagte er, »Selma will bestimmt nicht mehr hören.«

Der Pfarrer blickte verwirrt auf. Er war nicht gewohnt, solchermaßen in einer Hausandacht unterbrochen zu werden, am allerwenigsten von einem Kirchenältesten.

Er ließ den Blick von Selma zum Kirchenältesten und von diesem erneut zu Selma schweifen. Letztere saß wie zuvor mit verschränkten Armen da, den Ausdruck trotziger Gleichgültigkeit in den Augen.

Eigentlich ist sie eine stattliche Person, dachte der Pfarrer, wenn sie nur ihr Äußeres weniger vernachlässigen wollte!

Alsdann blickte er den Kirchenältesten an. Auch dieser war ihm stets ein Rätsel geblieben. Er war ein kräftiger, leicht gedrungener Mann in den Vierzigern, ein tüchtiger Geschäftsmann, der sich eifrig mit den Gemeindeangelegenheiten beschäftigte und Vorsitzender in einer Reihe von Ausschüssen und Komitees war. Doch genauso offen und zugänglich wie der andere Kirchenälteste war, ebenso verschlossen und wortkarg war Johannes Ås.

In diesem Augenblick wirkte er unzugänglicher denn je.

Doch, obgleich er kein Wort äußerte, schien es dem Pfarrer, als riefe ihm das ganze Wesen des Mannes zu: »Geh deines Wegs, Pfarrer. Was hast du hier zu suchen? Mit welchem Recht drängst du dich ein paar Menschen auf, die dich nie darum gebeten haben, über diese Schwelle zu treten?«

Die Ungemütlichkeit und die Spannung wurden schließlich unerträglich. Dem Pfarrer blieb nur die Wahl zwischen zwei Dingen: entweder seines Weges zu gehen, oder aber diese Leute zu einer Aussprache zu bewegen. Da fiel sein Blick auf den Küchentisch. Dieser war vollbeladen mit zum Teil geöffneten, zum Teil noch verschnürten Paketen, die der Kirchenälteste mitgebracht hatte. Es war klar ersichtlich, daß der Besuch des Pfarrers die beiden Menschen beim Öffnen der Weihnachtspakete unterbrochen hatte. Der Pfarrer ärgerte sich, daß er gerade den Heiligen Abend für seinen Besuch in Selmas Hütte gewählt hatte. Es war ... ja, es war beinahe ein wenig taktlos. Er hatte es so gut gemeint, aber vielleicht doch nicht richtig gehandelt. Er entschloß sich zu gehen. Mochte aus seinem eigenen Weihnachtsfrieden werden, was wollte. Jedenfalls wollte er nicht den Frieden anderer zerstören.

Er griff nach seinem Hut.

»Ich merke, daß mein Besuch ungelegen kam«, sagte er. »Und ich bitte um Entschuldigung, daß ich mitten in der Weihnachtsbescherung gestört habe.«

Er streckte Selma die Hand hin. Sie erhob sich nicht, reichte ihm aber die eine Hand, ohne die andere von der Brust zu heben. Schlaff, wie gefühllos, ruhte ihre Rechte in der seinen.

Er wandte sich an den Kirchenältesten.

»Adieu, Johannes, wir sehen uns morgen früh.«

Doch Johannes bot ihm die Hand nicht. Er saß vornübergebeugt, die Hände zwischen die Knie geklemmt.

»Nein, der Pfarrer soll nicht gehen«, sagte er. »Er soll sich ein Weilchen zu uns setzen. Will der Herr Pfarrer nicht wieder Platz nehmen?«

»Gewiß«, erwiderte der Pfarrer, »das will ich gerne tun. Wünscht der Kirchenälteste vielleicht etwas mit mir zu besprechen?«

»Das hängt von Selma ab«, meinte der Kirchenälteste, ohne den Kopf zu heben.

Der Pfarrer glaubte, den Boden unter den Füßen zu verlieren. Wie sehr er auch daran gewöhnt war, daß die Leute ihm ihre Geheimnisse anvertrauten und ihn in ihre intimsten Tragödien einweihten, vermochte er sich gleichwohl nie des seltsamen Gefühles zu erwehren, daß die Schwierigkeiten der anderen ihn persönlich so tief betrafen, als wären sie seine eigenen. Er fühlte die Gewissensbisse anderer so intensiv, als wären sie seine eigenen und schämte sich anderer Irrtümer und Fehltritte gerade so, als hätte er sie selbst begangen. Und er glaubte in diesem Augenblick, selbst der Schuldige zu sein, falls zwischen diesen beiden Menschen ein Unrecht bestand.

»Es hängt von Selma ab«, wiederholte der Kirchenälteste. »Wenn sie nicht will, schweige ich.«

Der Pfarrer blickte Selma an. Ihr Gesicht zeigte die gleiche unergründliche und stolze Gleichgültigkeit auf, die er stets darin gelesen hatte.

»Nun Selma«, sprach der Pfarrer leise, indem er den Kopf senkte. »Soll der Kirchenälteste reden, oder soll ich meines Wegs gehen?«

»Er soll reden«, drang es tonlos über Selmas graubleiche Lippen.

Eine lange Weile herrschte Stillschweigen.

Der Pfarrer sah den Kopf des Kirchenältesten immer tiefer sinken. Er stöhnte leise, und der Pfarrer fühlte den Schweiß auf seiner eigenen Stirne ausbrechen.

Schließlich kam es, kaum vernehmbar, von Johannes Ås:

»Sie sollen wissen, Herr Pfarrer, daß sie meine Mutter ist.«

So, nun war es gesagt.

Stille herrschte in der Stube. Man vernahm nur das leise Ticken der Weckeruhr auf der Kommode und das Zischen eines Kohlenstückes im Herde.

Doch war es, als hätte plötzlich der Friede seinen Einzug in die Hütte gehalten. Ein lange vermißter Friede. Es war, als würde es lichter. Als hätte alles Schwere, Eingeschlossene und Graue sich wie Nebel in der aufgehenden Sonne verflüchtigt.

Der Pfarrer hob langsam den Kopf und richtete den Blick auf Selma. Diese ließ ihr stolzes Haupt bis auf die Brust sinken. Sie schlug die Hände vors Gesicht, ihre starken männlichen Schultern bebten, und jäh brach sie in Tränen aus.

Der Pfarrer überlegte eine Sekunde, daß keiner ihm glauben würde, wenn er den Menschen erzählen würde, er habe Selma weinen gesehen. Tränen waren das Letzte, woran man im Zusammenhang mit Selma denken mochte. Jetzt aber schien es, als wollten alle während eines ganzen Lebens zurückgehaltenen Tränen hervorquellen. Der Kirchenälteste rückte seinen Stuhl näher an den ihrigen heran und legte unbeholfen den Arm um ihre Schultern. Sie lehnte sich an ihn und weinte, weinte. Der selbstsichere Johannes Ås wischte sich mit dem freien Arm ein paar verstohlene Tränen aus den Augen. Alsdann wandte er sich an den Pfarrer und erzählte in kurzen Zügen Selmas Geschichte.

Es war das altbekannte, aber immer gleich bittere Erlebnis einer betrogenen Jugendliebe.

Selma aber hatte die Schmach nie auf sich nehmen wollen, ein Kind, zu dem kein Vater sich bekannte, geboren zu haben. Sie hatte es fremden Menschen überlassen und war nach Amerika ausgewandert. Dort war sie erkrankt und wieder nach Hause geschickt worden. Sie hatte mehrere Stellen innegehabt, aber ihr Stolz und ihre Bitterkeit hatten jedes Zusammenleben mit anderen Menschen verunmöglicht. Schließlich war sie als Aufwartefrau an der Schule eines entfernten Sprengels gelandet, wo niemand sie kannte.

Ihr Sohn hatte Nachforschungen nach der Mutter angestellt und sie schließlich entdeckt. Sie aber war zu stolz, den Fehltritt ihrer Jugend vor aller Welt zu bekennen. Es war ihr gelungen, sich in einer geachteten, ehrbaren Anstellung selber zu erhalten, und sie wollte daher nicht zu ihrem Sohne übersiedeln. Nur einmal im Jahre, zu Weihnachten, räumte sie ihm das Recht ein, sie zu besuchen. Beiden aber fiel es bitter schwer, getrennt voneinander leben zu müssen. Johannes Ås war kinderlos und hatte eine kränkliche Frau, die keinen größeren Wunsch kannte, als die tüchtige Schwiegermutter bei sich zu haben und sie den Haushalt führen zu lassen. Selma aber wünschte dies nicht. Hauptsächlich wegen der Schande, lautete ihr steter Einwand.

Hier endete der Bericht des Kirchenältesten. Selma hatte zu weinen aufgehört. Sie saß da und wiegte sich gemächlich hin und her, den Kopf noch immer in die Hände gestützt.

Der Pfarrer erhob sich und reichte Johannes die Hand.

»Johannes, ich danke dir für dein Vertrauen. Es hat uns gegenseitig näher gebracht und zu Freunden gemacht.«

Alsdann legte er die Hand auf Selmas Haupt.

»Und jetzt, Selma«, sprach er, »werden wir ein neues Leben beginnen.«

Ein Schluchzen erschütterte wiederum Selmas zusammengesunkene Gestalt. Der Pfarrer empfand ein seltsames Mitleid mit der eben noch so stolzen Frau. Er dachte daran, wie viele Schwestern sie seit Urzeiten gehabt und noch bis ans Ende aller Zeiten haben würde, die sich um einer betrogenen Jugendliebe willen mit lebenslänglichen Selbstvorwürfen und Schamgefühlen quälen müssen. Und wie nie zuvor verstand er den Meister, der zur Sünderin sprach: »So verdamme ich dich auch nicht.«

Und er begann davon zu sprechen. Leise, als sei er sich der Nähe des Meisters in der kleinen Kammer bewußt, sprach er von einer Liebe, größer als alle Irrtümer, alle Schande und Unehre der Menschen. Er sprach von Jesus, der als ein kleines Kind ohne irdischen Vater zur Welt kam, und schloß mit den wunderbaren Worten des Gekreuzigten: »Weib, siehe deinen Sohn, Sohn, sieh deine Mutter!«

Als er geendet, hob Selma sachte den Kopf und blickte den Pfarrer an. Doch schien es, als hätte sie geradewegs durch ihn hindurchgeblickt, auf jemanden, der hinter und über ihm stand.

»Ich glaube«, sagte sie leise, »ich glaube, daß Er mich nicht verurteilt, wenn auch die Menschen es tun. Aber ich will versuchen, ihr Urteil zu ertragen, im Glauben an Ihn, der nicht verdammt.«

Ihre Hände tasteten nach der Hand des Sohnes und drückte sie fest.

»Ich folge dir, Johannes«, sagte sie.

»Heute abend noch?« fragte Johannes. Seine Stimme verriet ein seltsam bebendes Glück.

»Jawohl, noch heute abend«, sagte sie.

»Dann wird es Weihnachten«, meinte Johannes, »zum erstenmal in meinem Leben eine richtige Weihnacht.«

Mit Ausnahme eines einzigen, hatte der Pfarrer bereits in allen Finnmarkdörfern Weihnachtsfeiern veranstaltet.

Hoch oben an der Grenze gegen Härjedalen lag das Finnendorf Fisklösen. Es bestand aus einigen wenigen zerstreuten Gehöften, klebend an einem steilen Hang, der zu dem merkwürdigen See abfiel, in dem es weder Fische noch eine Vegetation gab und auf dessen Grund die von Salzen wie versilberten Steine in dem grünlich klaren Wasser schimmerten. Seltsam, daß Menschen sich an einem derart armseligen See niedergelassen hatten; jedenfalls aber erfreute sich das Dorf an seinem sonnigen Südhang einer einzigartigen Lage, denn es war im Norden durch einen hohen Bergrücken gegen die Winde geschützt.

Würde der Pfarrer es wohl wagen, auch in Fisklösen ein Weihnachtsfest abzuhalten? Nur selten pflegte sich dort jemand einzufinden, wenn er in dem alten Schulhaus predigte, das leer und verlassen dastand, seit die Zahl der Kinder im Dorfe zurückgegangen war und die wenigen noch vorhandenen den einsamen, meilenweiten Weg durch die Einöde im Postauto zurücklegen konnten.

Jedenfalls rief er die Frau des Waldhüters an. Diese, von den Leuten dort oben nur »die Südschwedin« Geheißene, war eine tüchtige, energische Person.

»Natürlich wollen wir unsere Weihnachtsfeier haben«, ertönte eine fast männlich klingende Frauenstimme. »Ich werde mich mit den Weibern besprechen.«

Nun wollte aber der Pfarrer gerne seine Hand mit im Spiele haben und erteilte daher am Telefon die nötigen Anweisungen für die Festvorbereitungen. Vor allem sollte der verschneite Weg zum Schulhaus aufgeschaufelt und alsdann Brennholz hinbefördert werden. Eine Tanne sollte aufgestellt werden. Die Frauen müßten Kuchen zur Feier backen und jeder Besucher Zucker und Kaffee mitbringen. Schließlich mußte auch noch ein Liter Sahne beschafft werden.

Die Frau des Waldhüters lachte:

»Glauben Sie nicht, Herr Pfarrer, daß wir selbst so viel Verstand haben, das zu wissen?«

Jedenfalls scheinst *du* nicht auf den Kopf gefallen zu sein, dachte der Pfarrer im stillen, laut aber äußerte er:

»Natürlich werdet ihr alles gut besorgen!«

Alsdann wurden Tag und Stundenschlag festgesetzt.

Doch schon am nächsten Abend rief die Frau des Waldhüters an. Ihre Stimme hatte einen ganz anderen Klang, als sie sagte:

»Ich soll nur einen Gruß ausrichten und mitteilen, daß es in Fisklösen kein Weihnachtsfest geben werde.«

»Wieso denn nicht?«

Es dauerte ein Weilchen, ehe die Antwort kam. Es schien, als müsse Wilhelmina – so hieß die Frau – sich erst sammeln.

»Ich bin von Hof zu Hof gegangen, die Leute wollen nichts von einer Weihnachtsfeier wissen.«

»Warum denn nicht?«

»Ja, warum nicht? Sie behaupten, es habe bisher noch nie ein Weihnachtsfest in Fisklösen gegeben und so werde es auch diesmal ohne ein solches gehen.«

»Das ist doch kein Grund.«

»Es gibt noch viele andere.«

»Zum Beispiel?«

»Erstens läßt sich der alte Eisenofen nicht einheizen. Er ist ein riesengroßes Ungeheuer, das raucht. Es hilft auch nichts, ihn zu fegen. Er ist kaputt.«

»Dann werde ich euch eben einen neuen Ofen senden«, sagte der Pfarrer.

»Wir haben aber niemanden, der ihn installieren könnte. Die Männer sind alle im Walde.«

»Am Samstag kommen sie doch wohl nach Hause, und das Weihnachtsfest soll ja nicht vor nächsten Sonntag stattfinden.«

»Ja, aber wenn die Leute heimkommen, ist es bereits dunkel. Und sie sind auch zu müde, um den Weg aufzuschaufeln. Außerdem ist das Brennholz ganz naß. Schließlich gibt es keine Beleuchtung im Schulsaal, und . . .«

»Ich werde Kerzen mitbringen«, versuchte der Pfarrer einzuwenden.

Wilhelmina schien nicht zu hören. Sie fuhr fort, als leiere sie eine auswendig gelernte Aufgabe herunter:

»Niemand will backen und keiner hat Zeit, eine Tanne aus dem Walde zu holen. Der Schnee liegt anderthalb Meter hoch, und die Männer sind müde, wenn sie heimkehren, nicht einmal mein Anton . . .«

»Nein, liebe Frau Olsson«, unterbrach der Pfarrer ihren Redeschwall, »lassen Sie mich auch einmal zu Worte kommen. Ich bin fest entschlossen, die Weihnachtsfeier in Fisklösen durchzuführen. Und wenn die Frauen keine Zeit zum Backen haben, werde ich Kuchen vom hiesigen Bäcker mitbringen. So einfach ist das. Ich werde auch früh genug eintreffen, um eigenhändig einen Tannenbaum fällen zu können.«

Aber Wilhelmina blieb hartnäckig:

»Der Herr Pfarrer kann niemals den Weg aufschaufeln, und das Brennholz ist naß . . .«

»So werde ich eben auch das nötige trockene Brennholz mitbringen.«

»Wenn der Herr Pfarrer Kuchen und Holz mitbringt, wird sich erst recht kein Mensch einfinden. Denn dann schämen sie sich die Augen aus dem Kopf.«

»Aber liebe Frau Olsson, was sollen wir denn anfangen?«

»Wir wollen kein Weihnachtsfest. Der Herr Pfarrer tut am besten daran, es sich aus dem Kopf zu schlagen.« Die Stimme klang mutlos, aber bestimmt. Und nach gegenseitigem Lebewohl hängte man ab.

Nachdem der Pfarrer den Hörer aufgelegt hatte, sank er in seinen Schreibstuhl zurück. Er strich sich über die Stirn. Beinahe wäre ihm der Schweiß ausgebrochen.

Wie bezeichnend war diese Geschichte doch wieder einmal für die Leute in Fisklösen und in vielen anderen Finnendörfern. Eine Tageswanderung von Gehöft zu Gehöft hatte genügt, um die energische Südschwedin Wilhelmina Olsson all ihrer fröhlichen Unternehmungslust und Handlungskraft zu berauben.

Ihre resignierte aber entschlossene Stimme lag ihm noch in den Ohren: »Wir wollen kein Weihnachtsfest haben. Der Herr Pfarrer tut am besten daran, es sich aus dem Kopf zu schlagen.«

Ja, es gab manches, was sich ein Pfarrer in Finnmarken aus dem Kopf schlagen mußte.

Der Pfarrer entsann sich noch seines ersten Besuches in Fisklösen. Ein Neuling in der Gemeinde, war er insofern ein wenig verwöhnt, als sich die Leute, wenn auch nur aus purer Neugierde, zum Gottesdienst einzufinden pflegten, wenn er das erste Mal an einem neuen Ort predigte. Beim zweitenmal gab es dann meistens schon weniger Zuhörer: man kannte den Pfarrer ja jetzt schon!

Aber in Fisklösen! Eines Herbstabends, zu später Stunde, hatte er den vierzehn Kilometer langen Weg von der nächsten Bahnstation zu Fuß zurückgelegt. Obgleich er für den folgenden Tag, einen Sonntag, den Gottesdienst angekündigt hatte, vermochte er im Dorfe kaum ein Zimmer für die Nacht aufzutreiben. Zu guter Letzt erhielt er eine kalte Kammer mit einem elenden Bett. Dort saß er allein im Finstern, weil er nicht daran gedacht hatte, selber eine Kerze mitzubringen. Mit knapper Not gelang es ihm, die Frau des Hauses, die seine Fragen kaum einer Antwort würdigte, dazu zu bewegen, ihm einen Liter Milch zu verkaufen.

Früh am Sonntagmorgen ging er aus. Er trug noch immer seinen Sportanzug und glich wohl eher einem Forstgehilfen, als einem zum erstenmal amtierenden Pfarrer. Der Septembermorgen war strahlend schön. Unten auf der Straße angelangt, fragte er einen dunkelhäutigen Mann nach dem Weg zum nächsten Aussichtsberg.

»Ich werde dich begleiten«, sagte der Mann.

Der Pfarrer nahm das Anerbieten an, obgleich der Mann einem Wegelagerer ähnlich sah.

Während der Wanderung plauderten die beiden jungen Männer miteinander; doch als sie endlich oben auf dem Berge standen und über die sich meilenweit ausbreitende Wildmark blickten, fragte der »Wegelagerer« plötzlich:

»Wer bist du eigentlich?«

»Oh, ich bin der neue Pfarrer.«

Der Wegelagerer verzog sein Gesicht zu einem breiten Grinsen, das die weißen, kräftigen Zähne entblößte.

»Und ich wollte abhauen, weil ich gehört hatte, daß der Pfarrer im Dorf erwartet wurde.«

»Was hast du denn Übles angestellt?« fragte der Pfarrer ebenfalls lachend.

»Und dich habe ich *geduzt*!« meinte der Wegelagerer, halb verlegen, halb trotzig.

»Das darfst du auch weiterhin tun«, sagte der Pfarrer und reichte dem Manne die Hand, indem er seinen Namen nannte.

»Ja, mein Name ist Sjölund«, sagte der Wegelagerer, »und, um die Wahrheit zu gestehen, so wollte ich Reißaus nehmen, weil ich befürchtete, du könntest den Versuch machen, mich und Mina zur Trauung zu bewegen. Vielleicht aber bist du gar nicht so gefährlich.«

»Ich bin nicht gefährlicher als du«, sagte der Pfarrer, »ich meinerseits hielt dich zum mindesten für einen Wegelagerer mit einem Revolver im Gurt.«

Nachdem nun die Bekanntschaft geschlossen war, stiegen die beiden Männer unter frohem Zwiegespräch den Pfad abwärts.

»Willst du nicht einen Blick in meine Hütte werfen?« fragte Sjölund.

Der Pfarrer hatte nichts gegen diesen Vorschlag einzuwenden.

»Aber wir verraten nicht, daß du der Pfarrer bist«, meinte

Sjölund kameradschaftlich, »sonst laufen alle davon und verstecken sich.«

In Sjölunds Hütte saß »Mina«, ein Kind an der Brust. Zwei weitere krochen in der Stube herum, die hinsichtlich Sauberkeit und Ordnung das ärgste war, was man sich überhaupt vorstellen konnte. Mina zählte noch keine zwanzig Jahre, wirkte aber schon alt und überarbeitet.

Ihre Eltern stammten aus finnischem Geschlecht, auch sie waren alt und verbraucht. Die Alte lag, halb gelähmt, zu Bett, während der Greis sich bereits »jenseits« befand, das heißt, seine Vernunft eingebüßt hatte. Doch konnte er noch Holz hacken und Wasser schleppen, weshalb der Pfarrer der Meinung war, er besäße ja noch Verstand genug. Sjölund hatte ihm auf dem Abstieg vom Berg diese Auskunft erteilt.

»Ich habe einen Kumpan mitgebracht«, sagte Sjölund beim Betreten der Stube. »Er soll Kaffee bei uns trinken!«

Die Frau antwortete nichts. Sie knöpfte ihre Jacke zu und legte das Kind in eine alte, wacklige Wiege unter das schmutzigste Schaffell, das der Pfarrer je in seinem Leben zu Gesicht bekommen hatte. Dann stellte sie die Kanne mitten auf den Herd, und in ein paar Minuten war der Kaffee fertig. Einem Kumpan gegenüber brauchte man es nicht so genau zu nehmen.

Der Pfarrer versuchte, sich mit den Kindern anzubiedern, diese aber waren schüchtern und verkrochen sich in alle Winkel und Ecken.

Sjölund und sein Gast tranken den Kaffee, ohne Sahne noch Gebäck.

»Mein Kumpan behauptet, es werde heute im Schulhaus eine Predigt gehalten. Mina, du und ich wollen hingehen.«

Es war, als hätte Sjölund gegen eine Wand gesprochen.

»Hast du gehört, was ich sagte, Mina?«

Mina nickte und betrachtete mißtrauisch den Kumpan. Das mußte ein gefährlicher Mensch sein, der ihren Sjölund dazu brachte, sich eine Predigt anhören zu wollen!

»Du kannst den Ältesten mitnehmen. Die anderen mag Vater hüten, während wir fort sind. Hörst du!«

Sjölund sprach gebieterisch und laut wie ein Diktator, und der Pfarrer lehnte sich im stillen gegen den brüsken Ton auf, den er der jungen Frau gegenüber anschlug. Aber er dachte auch mit Unruhe an die Predigt, die er vor solchen Zuhörern halten sollte. Alsdann bedankte er sich für den Kaffee und verabschiedete sich mit dem Gefühl, so etwas wie ein Verräter zu sein. Schickte es sich wohl für einen Geistlichen, Kameradschaft mit einem Menschen wie Sjölund zu schließen und obendrein dessen arme Frau zum besten zu halten?

Gleichwohl war es, als hätte eine unsichtbare Macht ihre Hand mit im Spiele gehabt; auch hatte sich dem Pfarrer schon oft genug Gelegenheit geboten, sich auf seinen Wegen über Gottes seltsame Führung zu wundern.

Der Gottesdienst sollte um elf Uhr beginnen.

Der Pfarrer zog den Kanzelrock an und begab sich zur Schule hinauf. Er erschien frühzeitig, um sich vorher mit den Leuten bekannt zu machen. Aber kein Mensch hatte sich eingefunden. Er trat wieder auf die Treppe hinaus und setzte sich an die Sonne. Mag mich das ganze Dorf hier sitzen sehen, wenn es den Leuten so behagt, dachte der Pfarrer. Aber das Dorf lag wie ausgestorben da. Weit und breit war kein Mensch zu sehen. Doch: dort über die Hügel kam Sjölund daher. Er hat die Haltung eines Häuptlings, dachte der Pfarrer. Doch wehe seiner kleinen Sklavin! Wenige Schritte hinter Sjölund folgte sein Weib, den Blick auf den Boden geheftet, als führe der Weg zum Schandpfahl. An der Hand führte sie einen kleinen Jungen, der sich einmal ums andere die Tränen aus den Augen wischte. Er hatte sich vor lauter Angst versteckt gehabt, als man sich auf den Weg zum Gottesdienst machen sollte, und nur eine von Sjölund verabreichte, ordentliche Tracht Prügel hatte ihn dazu bewogen, sich der bittern Notwendigkeit zu fügen.

Der Pfarrer richtete ein Stoßgebet an unsern Herrgott: »Hilf mir, denn das bewältige ich niemals!«

Er begab sich in den Schulsaal und nahm Platz auf dem Katheder. Wenn es schon einen Gottesdienst geben soll, so jedenfalls einen ordentlichen, dachte er.

Die »Familie« Sjölund trat ein und setzte sich auf die hinterste Bank an der Wand. Der kleine Junge schluchzte leise und getraute sich vorerst nicht, den Pfarrer anzusehen.

Mina saß anfänglich völlig stumpf und teilnahmslos vor sich hin starrend da, bis plötzlich Leben in ihre Augen trat. Sie blickte zum Pfarrer auf. War das ... oder war das nicht ... Sie wagte nicht, Sjölund zu fragen. Aber eine Röte stieg ihr in die Wangen und ließ sie trotz des ungepflegten Äußern und des so gut wie zahnlosen Mundes beinahe schön erscheinen.

Der Pfarrer ging zur Orgel.

»Glaubst du, es werden mehr Leute kommen?« wandte er sich an Sjölund.

»Das glaube ich kaum«, entgegnete dieser mit einem Anflug von Trotz in der Stimme. »Es wird wohl am besten sein, den Gottesdienst nicht abzuhalten, wir allein sind jedenfalls nicht so viel Mühe wert.«

»Das sollst du nicht sagen, Sjölund«, meinte der Pfarrer, »jeder Mensch ist wertvoll vor Gott und sollte es auch für seine Mitmenschen sein.« Er richtete einen bedeutungsvollen Blick auf Mina und den Jungen.

»Na, denn also los!« sagte Sjölund.

Der Pfarrer suchte in den Bänken und fand ein paar alte, verschlissene Gesangbücher.

»Ihr könnt wohl singen?« fragte er.

»Schließlich bin ich Bahnarbeiter gewesen«, erklärte Sjölund.

»Gut, wir beginnen also mit Nummer 66«, sagte der Pfarrer.

Und der Gottesdienst nahm seinen Anfang. Der Pfarrer

und Sjölund sangen. Mina fürchtete sich, den Mund zu öffnen.

Alsdann folgten Gebet und Predigt. Woher der Pfarrer die Worte nahm, wußte er selbst nicht. Es wurde nichts aus der sorgfältig vorbereiteten Predigt. Ja, er hielt sich nicht einmal an den Text des Tages. Er begann ganz einfach von dem Heim zu sprechen, das er am gleichen Morgen besucht hatte. Wie seltsam es doch sei, daß er und Sjölund sich zufällig getroffen und Freundschaft geschlossen hätten und daß er in der Hütte Sjölunds hätte Kaffee trinken dürfen. Im Anschluß daran kam er auf die Familie zu sprechen. Von den Alten und wie sie sich dort oben für ihre Kinder abgeschunden hatten, die nun alle mit Ausnahme Minas draußen in der weiten Welt weilten. Wieder errötete Mina, als er ihren Namen nannte. Alsdann ging der Pfarrer dazu über, von den Kindern zu sprechen. Wie seltsam es doch sei, Kinder zu bekommen, kleine kostbare und zarte Lebewesen. Der kleine Junge wagte nun endlich, den Pfarrer verstohlen anzusehen, und, als dieser ihm zulächelte, huschte der Schimmer eines scheuen Lächelns auch über sein Gesicht. Doch bedeckte er rasch die Augen mit der Hand und verbarg sich hinter dem Rücken der Mutter.

Sjölund hielt die ganze Zeit sein kräftiges, gesundes Gesicht dem Pfarrer zugewandt und blickte diesem starr, beinahe herausfordernd in die Augen. Doch ehe die Predigt beendet war, hatte er seinen Blick zu Boden gesenkt und an dem nach der Predigt gesungenen Psalm beteiligte er sich nicht mehr.

Jetzt habe ich ihn geärgert, dachte der Pfarrer. Aber ich mußte ihm die Wahrheit sagen, ich mußte es tatsächlich tun. Sonst wäre ich kein Diener Gottes.

Er stieg vom Katheder herab und reichte seinen Zuhörern die Hand. Mina knixte ehrfurchtsvoll, und Arne, der Junge, machte einen Bückling.

»Jetzt begleite ich euch ein Stück Weges nach Hause, wenn ihr nichts dagegen habt«, sagte der Pfarrer.

Sjölund entgegnete nichts und auch Mina schwieg. Aber sie gingen jedenfalls alle zusammen fort.

Obgleich im Dorf kein Lebewesen zu sehen war, gab es dennoch viele Augenpaare, die den Pfarrer die Sjölunds nach der Predigt heimbegleiten sahen. Und seit jenem Tage hieß der Pfarrer in Fisklösen nur noch der »Sjölundspfaff« und wird auch heute noch von einigen so genannt. Und das war wahrhaftig kein Ehrentitel! Einst hatte es eine Erweckung im Dorfe gegeben, die jedoch keine anderen Spuren als ein tief verwurzeltes Mißtrauen gegen alle Geistlichen hinterlassen hatte.

Es sollten noch einige Jahre vergehen, ehe der Pfarrer Sjölund und Mina trauen durfte. Sie hatten bereits sechs Kinder, die alle nach der Vermählung der Eltern getauft wurden. Es geschah im Schulhaus von Fisklösen, und der kleine Saal war gedrängt voll.

Ja, an all das und noch an manches andere dachte der Pfarrer nach dem Telefongespräch mit der Frau des Waldhüters. Und je länger er darüber nachsann, desto klarer wurde es ihm, daß er eine Weihnachtsfeier in Fisklösen halten *mußte*. Selbst wenn er nur der Sjölundspfaff war.

Er überlegte sich alles reiflich, und als sein Plan fertig war, rief er Wilhelmina Olsson erneut an.

»Also, es wird trotz allem eine Weihnachtsfeier geben! Und jetzt bitte ich Frau Olsson, mich diesmal anzuhören, ohne mich zu unterbrechen.«

»Vorerst einmal der Ofen. Ich habe einen guten Freund, der Schrotthändler ist und einen Wagen besitzt. Er wird eines Tages nach Fisklösen kommen und einen Klempner mitbringen. Sie werden auch noch verschiedenes anderes auf ihrem Wagen haben. Als erstes werden die beiden den Weg zur Schule aufschaufeln. Dann montiert der Klempner den Ofen und heizt ihn versuchsweise ein.«

»Aber das Brennholz ...?« wagte die Waldhütersfrau einzuwenden.

»Das Holz bringt der Schrotthändler aus meinem eigenen

Vorrat mit, trockenes, gutes Holz aus dem Pfarrwald. Dann komme ich selbst am Samstag nächster Woche nach Fisklösen und hoffe, bei Ihnen Unterkunft zu finden ...«

»Gerne, aber ...«

»Gebäck und eine Torte bringe ich aus der Bäckerei hier mit, aber das nötige Geschirr müssen Sie auftreiben.«

»Es gibt keinen genügend großen Tisch, den man decken könnte ...«

»Dann muß der Schrotthändler eben eine Platte und ein paar Böcke mitbringen.«

»Aber Tischtücher ...«

»Ich kaufe Papiertücher in der Papeterie. Brauchen Sie sonst noch etwas?«

»Eines sage ich nur: kein Mensch wird zu *diesem* Fest erscheinen. Ich kenne die Leute von Fisklösen.«

»Ich ebenfalls. Besonders gut kenne ich eine, die Wilhelmina Olsson heißt und die bestimmt kommen wird, oder wie? Und Sjölunds werden ebenfalls kommen.«

»Wilhelmina« antwortete nicht. Aber der Pfarrer glaubte einen sorgenvollen Seufzer zu vernehmen. Er verstand sie. Er verstand, wie beklemmend die Einsamkeit und Stille, die Verschlossenheit und Ablehnung der Menschen in der abgelegenen Einöde sich auf das an mehr Gefühlswärme und Lebhaftigkeit gewöhnte Gemüt einer Südschwedin legen mußten.

Dennoch war der Pfarrer nicht felsenfest davon überzeugt, daß sein Plan gelingen würde.

Auch der Schrotthändler und der Klempner hatten nicht viel Lob für die Leute von Fisklösen übrig.

»Sie standen herum und starrten uns an, ohne auch nur mit einem Handgriff zu helfen. Kaum daß sie uns zeigten, wo die Schule liegt. Beim Waldhüter bekamen wir jedenfalls Kaffee.«

Das erste Anzeichen, daß etwas im Tun war, erhielt der Pfarrer jedoch, als er mit seiner Frau in den Brotladen trat, um Gebäck für das Weihnachtsfest in Fisklösen zu bestellen.

Die Bäckersfrau riß die Augen weit auf.

»*Noch* mehr Gebäck?« fragte sie.

»Ich verstehe nicht, was Sie meinen«, sagte der Pfarrer.

»Man hat dieser Tage aus Fisklösen angerufen mit dem Bescheid, falls der Pfarrer käme, um Gebäck zu bestellen, sollten wir ausrichten, daß es nicht nötig sei.«

Der Pfarrer mißverstand die Botschaft. Wollten die Leute tatsächlich das Fest sabotieren?

Aber die Bäckersfrau beruhigte ihn. Die Leute hatten selbst Gebäck bestellt, viel Gebäck und *zwei* Torten. Es sollte alles mit dem Postauto am Samstag früh hinbefördert werden.

Der Pfarrer fühlte etwas Feuchtes in seine Augenwinkel steigen. Er mußte sich rasch verabschieden und hinauseilen, um seine Rührung zu verbergen.

Dasselbe wiederholte sich im Blumenladen.

»Ich möchte ein wenig Blumen für nächsten Samstag nach Fisklösen bestellen.«

»Zur Weihnachtsfeier?«

»Jawohl, aber wieso wissen Sie davon?«

»Man hat uns angerufen und Blumen bestellt. Viel Blumen.«

»Schön, dann nehme ich nur ein kleines Sträußchen für meine Frau.«

Es war ein funkelnd klarer Januarabend, ungefähr zur Zeit des Dreikönigstages, als der Pfarrer in seinem kleinen Auto über die weißen Moorwiesen auf die Grenze von Härjedalen zu sauste. Er fühlte sich so seltsam erwartungsvoll, wie vor einem großen Abenteuer. Stimmte es wirklich, daß die Leute von Fisklösen zum Weihnachtsfest kommen würden? Das erste Weihnachtsfest, das dort oben vielleicht je veranstaltet worden war, falls nicht irgendein Lehrer zur Zeit, da es noch viele Kinder und eine Schule dort gab ...

In diesem Augenblick erhellte ein prachtvoller Sternschnuppenfall den ganzen Horizont.

Der Stern ging vor ihnen her, dachte der Pfarrer und

wußte im gleichen Augenblick, wovon seine Predigt handeln würde.

Als der Geistliche in das kleine Finnmarkdorf einfuhr, konnte er ganze Scharen von Menschen auf dem Weg zur Schule wahrnehmen. Diese lag in eine Märchenwelt von rauhreifbedeckten, unter der Schneelast gebeugten Birken eingebettet. Aus den Fenstern strahlte Licht, Kerzenlicht.

»Sie haben trotz allem einen Weihnachtsbaum beschafft«, dachte der Pfarrer.

Er fuhr zur Wohnstätte des Waldhüters hinauf. Wilhelmina und ihr Mann standen auf der Treppe. Anton Olsson war ein hochgewachsener, wortkarger, ungewöhnlich tüchtiger Waldhüter. Es war Wilhelmina, die das Wort ergriff:

»Das wird das Weihnachtsfest aller Zeiten!« sagte sie.

Und das wurde es tatsächlich auch.